U1004644

安徽财经大学服务安徽经济社会发展系列研究报告

安徽劳动就业与社会保障发展研究报告 2022

安 徽 财 经 大 学 秦立建
安徽省社会保障研究会 陈干全 ◎著

安徽师范大学出版社
ANHUI NORMAL UNIVERSITY PRESS
·芜湖·

图书在版编目(CIP)数据

安徽劳动就业与社会保障发展研究报告.2022/秦立建,陈干全著.—芜湖:安徽师范大学出版社,2022.9

(安徽财经大学服务安徽经济社会发展系列研究报告)

ISBN 978-7-5676-5821-9

Ⅰ.①安… Ⅱ.①秦… ②陈… Ⅲ.①劳动就业-研究报告-安徽-2022②社会保障-研究报告-安徽-2022 Ⅳ.①D669.2②D632.1

中国版本图书馆CIP数据核字(2022)第144333号

安徽劳动就业与社会保障发展研究报告 2022 秦立建 陈干全◇著

责任编辑:何章艳 责任校对:阎 娟

装帧设计:张 玲 冯君君 责任印制:桑国磊

出版发行:安徽师范大学出版社

芜湖市北京东路1号安徽师范大学赭山校区 邮政编码:241000

网 址:http://www.ahnupress.com

发 行 部:0553-3883578 5910327 5910310(传真)

印 刷:江苏凤凰数码印务有限公司

版 次:2022年9月第1版

印 次:2022年9月第1次印刷

规 格:700 mm ×1 000 mm 1/16

印 张:8.75

字 数:138千字

书 号:ISBN 978-7-5676-5821-9

定 价:30.00元

凡发现图书有质量问题,请与我社联系(联系电话:0553-5910315)

总　序

安徽财经大学历来重视科研和社会服务工作，始终坚持立足安徽做学问、服务安徽出成果，特别重视立足地方和行业需求构建多层次智库平台。安徽经济社会发展研究院是安徽财经大学设立的研究安徽经济社会发展的专门研究机构，拥有安徽省人文社科重点研究基地、省级协同创新中心、安徽省教育厅智库和安徽省重点智库四个省级科研平台。以上平台通过优化资源配置、聚合科研力量，鼓励和引导教师围绕安徽省委、省政府的重大发展战略选题，深入研究安徽经济社会发展中的重点、热点和难点问题，着力破解制约安徽地方经济社会发展的重大理论和现实问题，为建设特色鲜明的地方高水平财经大学提供了有益的智力支持，取得了较为丰硕的成果。

安徽财经大学每年出版的服务安徽经济社会发展系列研究报告是由安徽经济社会发展研究院组织相关学院的专、兼职研究人员编写。我校2006年公开出版服务安徽经济社会发展的首部研究报告——《安徽省经济发展研究报告2006》，2007年《安徽省县域经济竞争力评价报告》出版发布,2010年《安徽省贸易发展研究报告》出版发布,这形成了我校服务安徽经济社会发展的三大品牌报告。2022年,安徽财经大学出版系列研究报告七部,包括:《安徽贸易发展研究报告2022》《安徽城市发展研究报告2022》《安徽劳动就业与社会保障发展研究报告2022》《安徽投资发展研究报告2022》《安徽县域经济竞争力报告2022》《安徽财政发展研究报告2022》《安徽经济发展研究报告2022》。

安徽财经大学服务安徽经济社会发展系列研究报告坚持稳定数量、提升质量的指导思想,通过进入退出机制、激励机制、分级分类机制、合作机制、运行机制、评价机制和发布机制的改革创新,政策影响力和媒体影响力日益提升。多部报告形成的咨政报告获省部级领导批示并被智库类杂志刊用发表,安徽经济社会发展研究院成功入围中国智库索引首批来源智库,并获大学智库指数排名中的普通高校第一名。根据《CTTI智库报告(2018)》,2018年安徽经济社会发展研究院入选CTTI高校智库百强榜。

纵观这七部研究报告可以看出,报告的组织者与撰写者都付出了辛勤的劳动和不懈的努力。当然,我们也清醒地认识到,系列研究报告还存在这样或那样的缺点,与政府部门领导和社会各界对我们的期望还有较大的差距,我校应当在智库建设方面做得更多、更好。我们坚信,只要坚持走下去,只要继续得到社会各界的关心和帮助,系列研究报告一定会越做越好!学校的智库建设也将结出更多的硕果!

丁忠明

2022年4月

序　言

过去的一年，安徽省各级政府，在劳动就业与社会保障的制度建设方面都取得了积极的成效。本书第一章“安徽劳动就业与社会保障发展总报告”是整体报告，即全书的浓缩。分报告方面，除了重点阐述在经济运行新常态背景下“安徽就业与劳动关系发展报告”“安徽医疗保障发展报告”“安徽养老保险发展报告”以及“安徽社会救助发展报告”之外，还首次增加了“安徽养老机构发展报告”。

增加“安徽养老机构发展报告”的原因在于，我国自千禧年初便已经进入老龄化阶段，人口老龄化形势不容乐观。据2021年调查结果发现，安徽省60周岁及以上人口为1146万人，占安徽省总人口的18.75%，其中，65周岁及以上人口为944万人，占安徽省总人口的15.44%。安徽省人口老龄化形势严峻，老年人如何得到妥善的赡养成为近年来安徽省关注的重点问题。安徽省作为中部地区的人口大省，是老龄化问题较为突出的省份，经济实力与东部地区相比较为落后，养老需求压力较大，养老负担较重。机构养老作为养老服务中的重要一环，是社会养老的重要依靠，研究安徽省养老机构如何得到高质量发展具有重要意义。

本书的撰写组成员，都是长期关注劳动就业与社会保障方面的专家，他们不管是在劳动就业和社会保障的理论方面，还是在政策制定和制度运行的实践方面，都有比较丰富的经验。本书是多位同仁通力合作、共同努力、多年研究成果的结晶。

本书的写作思路，由安徽财经大学的秦立建教授以及安徽省社会保障研究会的陈干全处长共同提出，并由编写组成员探讨而成。各章具体分工如下：第一章"安徽劳动就业与社会保障发展总报告"，由郭永芳教授撰写；第二章"安徽就业与劳动关系发展报告"，由汪燕敏博士撰写；第三章"安徽医疗保障发展报告"，由姜丽美博士撰写；第四章"安徽养老保险发展报告"，由周凤珍博士撰写；第五章"安徽社会救助发展报告"，由林光祺老师撰写；第六章"安徽养老机构发展报告"，由秦立建教授撰写。另外，林光祺老师还担任本书编写组的秘书，为本书的按时按质完成做了许多卓有成效的工作；研究生赵晨雪、金旺、高文翔、朱益太、文维、曾子怡等同学，为本书做了许多助研工作。

在此，向为本书提供帮助和大力支持的所有人士，表达由衷的谢意和崇高的敬意！

秦立建

2022年4月

目　录

第一章 安徽劳动就业与社会保障发展总报告

第一节 安徽就业与劳动关系现状、问题与对策

一、安徽省就业和劳动关系的现状

（一）安徽省城乡人口

1.安徽省人口规模逐年增加

2015—2021年，安徽省常住人口呈增加的态势，其中2017年增幅最大，当年增加24万人。2020年以后，安徽省没有公布户籍人口。流向省外半年以上的人口总体呈上升的趋势。详见表1-1。

表1-1　2015—2021年安徽省人口规模变化情况

年份	户籍人口/万人	常住人口/万人	常住人口较上一年变动数/万人	流向省外半年以上的人口/万人	流向省外半年以上的人口占户籍人口比重/%
2015	6949	6011	—	1045	15.04
2016	7027	6033	22	1052	14.97
2017	7059	6057	24	1058	14.99
2018	7083	6076	19	1048	14.80
2019	7119	6092	16	1061	14.90
2020	—	6105	13	1152	—
2021	—	6113	8	—	—

数据来源:《安徽统计年鉴2021》《安徽省2021年国民经济和社会发展统计公报》。

2.安徽省城镇化水平逐年提高

2021年,安徽省常住人口城镇化率为59.40%,较上一年提高了1.07个百分点。2015年以来,安徽省的城镇化率逐年提高,由2015年的50.50%上升到2021年的59.40%。详见表1-2。

表1-2　2015—2021年安徽省人口城镇化率

年份	城镇人口占常住人口比重/%	非农业人口占户籍人口比重/%
2015	50.50	27.58
2016	51.99	29.52
2017	53.49	31.07
2018	54.69	32.65
2019	55.81	34.65
2020	58.33	—
2021	59.40	—

数据来源:《安徽统计年鉴2021》。

（二）安徽省城乡就业情况

1.就业总体情况

截至2021年底，安徽省全年城镇新增就业70.9万人，失业人员再就业26.7万人，城镇登记失业率2.46%，比上年下降0.37个百分点。2015年以来，安徽省的就业形势一直呈现较好的态势，就业率一直保持在98.91%以上，2018年的就业率创历史新高，达到了99.11%。由于2020年安徽省没有统计经济活动人口，2020年的就业人员按常住人口的就业人员数统计，因此就业人员数较2019年下降的幅度较大。详见表1-3。

表1-3　2015—2020年安徽省就业情况

年份	经济活动人口/万人	就业人员/万人	就业率/%	就业率变动情况
2015	4384.0	4342.1	99.04	0.27
2016	4409.7	4361.6	98.91	-0.13
2017	4418.6	4377.9	99.08	0.17
2018	4424.9	4385.3	99.11	0.03
2019	4429.3	4384.0	98.98	-0.13
2020	—	3243.0	—	—

注：2020年就业人员数为常住人口中的就业人员数。

数据来源：根据2016—2021年《安徽统计年鉴》整理。

2020年末，全省就业人员达3243万人。其中，第一产业就业815万人，占25.13%；第二产业就业1020万人，占31.45%；第三产业就业1408万人，占43.42%。

2.就业分布情况

自2015年以来，安徽省城镇就业人口的比重逐年上升，从2015年的29.76%上升到2020年的55.23%；同期乡村就业人口的比重从70.24%下降到44.77%。详见表1-4。

表1-4　2015—2020年安徽省就业人员按城乡划分的人口和比重

年份	总就业人员/万人	城镇就业人员/万人	占总就业人员比例/%	乡村就业人员/万人	占总就业人员比例/%
2015	4342.1	1292.1	29.76	3050.0	70.24
2016	4361.6	1327.5	30.44	3034.1	69.56
2017	4377.9	1378.5	31.49	2999.4	68.51
2018	4385.3	1385.3	31.59	3000.0	68.41
2019	4384.0	1415.5	32.29	2968.5	67.71
2020	3243.0	1791.0	55.23	1452.0	44.77

注:2020年就业人员数为常住人口中的就业人员数。

数据来源:根据2016—2021年《安徽统计年鉴》整理。

(三)安徽省采取多种措施保障就业

2022年,安徽省继续落实落细各项举措,全力"稳就业",除了解决好大学生的就业问题,还采取多种措施解决农民工、退役军人、脱贫人口、困难人员等群体的就业。

1.分类施策,推动重点群体就业

2022年3月10日上午,"智汇合肥高校行"启动仪式暨中国科学技术大学专场招聘会在中国科学技术大学(西校区)举办。在活动现场,科大讯飞、联宝科技、清华大学合肥公共安全研究院等50家重点企业共推出就业岗位2412个;在直播云端,蔚来汽车、美亚光电等6家知名企业招聘负责人客串"带岗主播",让求职者更直观地了解企业环境、招聘需求等信息。相关部门通过开展就业专项行动,拓展大学生等青年群体就业渠道,全力做好人才就业工作。

高校毕业生就业是就业工作的重中之重。安徽省2022届高校毕业生预计达46.12万人,加上往届未就业毕业生、留学回国人员,总量压力较大。2022年3月,安徽省召开全省就业工作座谈会暨省就业工作领导小组全体会议，研究安排2022年就业重点工作。2022年，安徽省将促进政策体系全覆盖、就业服务全贯通、困难青年全帮扶。实施“百万大学生兴皖行动”、高校毕业生到中小微企业就业支持计划、青年就业见习计划，募集青年就业见习岗位5万个。同时，结合“四进一促”稳就业活动，精心组织开展“公共就业服务进校园”活动，持续办好百日千万网络招聘等活动，促进线下线上精准对接。

稳定国有企业高校毕业生招录招聘规模，引导和鼓励高校毕业生到城乡社区就业创业。开展离校未就业高校毕业生实名制服务，对困难高校毕业生实施专项帮扶行动，促进离校未就业高校毕业生尽快实现就业。

同时，解决好农民工、退役军人、脱贫人口、困难人员等群体的就业出路问题。实施农民工素质提升工程，开展农民工职业技能培训。大力推进劳务品牌建设，畅通外出务工和就地就近就业渠道。促进农民工向第二、第三产业转移就业，鼓励农民工就地就近就业创业。健全跨省、皖江皖北劳务协作机制，加强驻外皖籍农民工服务站点建设，对有集中外出务工需求的农民工开展有组织的劳务输出。深入实施退役军人“就业起航”行动，组织开展退役军人就业服务月活动，举办退役军人专场招聘会，拓宽就业渠道，精准提供创业指导、就业援助、职业技能培训等服务。

2.多管齐下，全力拓宽就业空间

随着平台经济的蓬勃发展，网络主播、网约车司机、外卖员等成为当下求职者的就业新选择。因此，提升灵活就业保障就显得更加重要。2022年，安徽省将进一步健全灵活就业劳动用工和社会保障政策体系，实施新就业形态劳动者技能提升项目，开展新就业形态劳动者权益保障专项行动。按照人社部发布的典型行业劳动合同、书面协议示范文本，指导安徽省相关企业与劳动者依法签订劳动合同、就业协议。加强对国家发布的新就业形态劳动争议典型案例的研究，指导各地开展工作。

市场主体承载着无数个就业创业梦想。2022年，安徽省将稳定实体企业就业岗位，优化减负稳岗扩就业支持性政策措施，落实新的减税降费政策，综合运用资金补贴、税收减免、金融支持等政策杠杆，加大对受疫情冲击较大行业企业、中小微企业、个体工商户等的支持力度。支持科技型、“专精特新”等中小企业创新发展，稳定实体企业特别是中小微企业的就业吸纳能力。

优化创业环境，实施创业安徽行动，完善创业政策体系，创建一流营商环境，促进市场主体提质扩量增效。全面落实市场准入负面清单制度，推进“证照分离”改革。加大初创实体支持力度，大幅压减涉企行政审批事项，实施包容审慎监管，坚决扫除制约创业就业的体制机制和政策障碍。

在配套设施上，畅通创业融资，完善中小微企业综合金融服务平台，鼓励金融机构加大对吸纳就业人数多、科创能力强的小微企业的信贷投放力度。打造创业平台，建设国家“双创”示范基地，推动“双创”支撑平台项目建设。

3.优化服务，促进供需精准对接

2022年3月19日至3月31日，2022年安徽省国有企业专场网络招聘会在安徽公共招聘网火热开展。此次安徽省国有企业专场网络招聘会属于安徽省2022年就业和人才“2+N”招聘年度安排。“2”是指“周三就业招聘”“周六人才对接”两大主题招聘活动，“N”是指面向特殊群体和具有地方特色的招聘活动。2022年，安徽省计划统一举办“2+N”招聘会96场。

2022年，安徽省将继续提升就业服务质量，推行“阳光就业”服务模式，依托安徽省“阳光就业”服务平台，推进大数据在就业领域的应用，分析感知服务对象就业需求，精准推送就业政策服务，巩固覆盖全民、贯穿全程、辐射全域、便捷高效的全方位公共就业服务。建设一批职业指导大师工作室，培训一批职业指导师，创建充分就业社区，实施“春风行动”等13项公共就业服务活动，常态化开展“四进一促”稳就业活动，举办“2+N”特色招聘、“接您回家”等活动，统筹推进常态化疫情防控与线上线下招聘等就业服务活动，为劳动者求职和用人单位招聘搭建供需对接平台。

2022年，安徽省将选择公共就业服务基础较好、条件相对成熟的220个社区开展“三公里”就业圈试点工作，逐步扩大试点范围。创新“政府主导推动、社会力量参与、线上线下联动”的公共就业服务模式，以社区三公里范围内的劳动者、小微企业为重点服务对象，线上运用“互联网+”“云计算”“大数据”等信息化技术，线下向社会力量购买公共就业服务，线上线下服务联动，促进供需精准对接。

（四）安徽省劳动关系情况

2020年，安徽省企业劳动合同签订率计划为95%，劳动人事争议调解成功率计划为60%，劳动人事争议仲裁结案率计划为92%。

2020年，安徽省劳动争议案件结案数为30392件，同比增长1.02%。其中通过仲裁调解结案的有18834件，占结案数的61.97%；通过仲裁裁决结案的有10492件，占结案数的34.52%；通过其他方式结案的有1066件。从处理结果来看，用人单位胜诉的有3281件，占结案数的10.80%；劳动者胜诉的有11841件，占结案数的38.96%；双方部分胜诉的有12515件，占结案数的41.81%。2021年，安徽省各级劳动人事争议调解仲裁机构共处理劳动人事争议5.04万件，案件涉及劳动者5.5万人，涉案金额17.2亿元；调解成功率76.4%，仲裁结案率98.6%。

二、安徽省就业和劳动关系存在的问题

（一）城镇就业人员占总就业人员数的比重较低

虽然近年来安徽省城镇化水平逐年提高，但是安徽省的城镇化水平一直低于全国平均水平。2020年，全国城镇就业人员占总就业人员数的比例为61.64%，安徽省是55.23%，低于全国平均水平6.41个百分点。由于安徽省相当大的一部分人口居住在农村，而安徽省的县域经济发展又落后，使得安徽省城镇就业人员的比例一直低于全国平均水平。

（二）劳动力流失严重

安徽省是中国较大的人口输出省份之一，据有关调查数据显示，大约有1000万的人口流出省外半年以上，这部分人主要是劳动年龄人口。统计数据还表明，大部分的劳动力流向了长三角地区。相比之下，2020年从省外流入安徽省的只有155.05万人。这就导致安徽省劳动力流失严重。这个现象表明，安徽省内的就业机会比经济发达的长三角地区要少，工资水平也比长三角地区要低。

三、解决问题的对策

（一）鼓励农村居民到城市落户，加快城镇化建设的步伐

对于1980年以后出生的农村居民来说，他们已不再依靠土地生活，但由于在城市没有养老、医疗等社会保险，他们并不愿意完全脱离土地。因此，政府应出台农民工参加城镇社会保险的有利政策，使他们在城市务工能享受到与城镇职工一样的社会保险待遇，这样他们没有了后顾之忧就可以完全脱离土地，也愿意到城市落户。

（二）创造更多的就业岗位，为劳动力提供更多的就业机会

安徽省劳动力流失严重的重要原因是就业机会少，工资待遇低，特别是县城和县级市的第二、第三产业不发达，只有行政事业单位对年轻人还有吸引力，但这些岗位都有学历限制，且岗位编制有限；其他的就业岗位较少，而且工资待遇每月只有2000～3000元，对于背负房贷的年轻人来说没有任何的吸引力。因此，只有大力发展第二、第三产业，创造更多的就业机会，才能吸引劳动力回流就业。

第二节　安徽社会保障事业发展的现状、问题及对策

一、安徽省社会保障事业发展状况

(一)基本养老保险实施情况

1. 职工基本养老保险参保人员增加,退休人员养老金待遇进一步提高

2015—2021年,安徽省参加城镇职工基本养老保险的人数逐年增加。2021年,安徽省参加城镇职工基本养老保险的人数达到了1384.18万人,较上一年增加了469.78万人,是增加人数较多的一年。2020年,受新冠肺炎疫情的影响,养老保险基金当年收不抵支,其他年份当年都有结余。详见表1-5。

表1-5　2015—2021年安徽省城镇职工基本养老保险参保情况

年份	参保人数/万人	较上一年变动人数/万人	基金收入/万元	基金支出/万元	当年结余/万元
2015	610.85	—	791.75	631.38	160.37
2016	634.30	23.45	839.41	696.58	142.83
2017	754.11	119.81	1020.23	811.57	208.66
2018	798.81	44.70	2105.17	1817.61	287.56
2019	860.28	61.47	1659.44	1431.14	228.3
2020	914.40	54.12	1501.50	1547.28	-45.78
2021	1384.18	469.78	1969.87	1703.94	265.93

数据来源:《安徽统计年鉴2021》,安徽省人力资源和社会保障厅2021年度安徽省人力资源与社会保障主要数据。

2021年,安徽省提高了退休人员的养老金待遇。定额部分为每人每月35元,统一企业和机关事业单位退休人员高龄倾斜标准。截至2020年

12月31日，年满70～79周岁的退休人员每人每月增加10元，年满80～89周岁的退休人员每人每月增加20元，年满90周岁及以上的退休人员每人每月增加50元。其中，对2020年达到70周岁、75周岁、80周岁、85周岁的退休人员，按照上述办法倾斜调整后，累计享受高龄倾斜部分低于140元、180元、280元、390元的予以补齐。

2.城乡居民基本养老保险参保人数略有下降

截至2021年底，安徽省参加城乡居民基本养老保险的人数是3457.6万人，较2020年的3490万人减少了32.4万人，可能是因为部分参加城乡居民基本养老保险的人口参加了城镇职工基本养老保险。当年基金收入294.75亿元，基金支出157.19亿元，基金结余137.56亿元。

3.企业年金发展较快

近几年，安徽省建立企业年金的企业户数增长势头良好。2021年，安徽省建立企业年金的企业户数继续扩大，达到2369户，较2020年增加了343户，增长率为16.93%；职工账户数达到61.9万个，较上一年增加了2.89万个，增长率为4.9%；资产总额达到475.93亿元，较上一年增加了63.05亿元。与其他大部分省份相比，安徽省企业年金发展状况总体较好。

4.机构养老发展情况

2021年，安徽省建成养老机构2508家，床位40.5万张。安徽"2346"的社会办养老机构运营补贴政策（根据收住老人自理、轻度失能、中度失能、重度失能4个能力等级，分别给予每人每月200元、300元、400元和600元的运营补贴），在全国率先施行，有力撬动了社会力量的广泛参与。同时，在医养康养结合上，对内设医务室、护理站的养老机构给予补贴，命名省级医养结合示范区6个、示范基地12个。

（二）基本医疗保险参保情况

1.城镇职工基本医疗保险参保情况

截至2021年11月底，参加城镇职工基本医疗保险人数是1005.23万人，比2020年增加了53.16万人，当年基金收入（含生育保险）366.27亿元，基金支出（含生育保险）294.59亿元，基金结余71.68亿元。

2.城乡居民基本医疗保险参保情况

截至2021年11月底，安徽省城乡居民基本医疗保险参保人数总计5645.20万人，比2020年少了107.76万人，当年基金收入483.67亿元，基金支出430.47亿元，结余53.2亿元。参保人数较上一年减少的原因可能是部分居民参加了城镇职工基本医疗保险。2021年，安徽省城乡居民医保筹资标准提高至900元，其中，居民医保人均财政补助标准新增30元，达到每人每年不低于580元；同步提高居民医保个人缴费标准40元，达到每人每年320元。

3.提高了城乡居民大病保险的保障水平

2021年，安徽省城乡居民大病保险起付线统一调至居民人均可支配收入的50%，大病保险合规费用支付比例不低于60%。2021年，安徽省还提高了对特困人员、低保对象、政策脱贫人口的医保支付比例，较普通参保居民起付线降低50%，报销比例提高了5%，并取消封顶线，进一步减轻了大病患者、困难群众的医疗负担。

4.积极推进异地就医结算

2021年5月，安徽省异地定点零售药店直接结算系统正式上线运行，参保职工在合肥、芜湖、阜阳、亳州、宣城、六安、淮南等市定点药店，用自己的医保卡或医保电子凭证就能实现异地结算。至此，安徽省异地就医结算全面实现了住院、门诊、零售药店等业务全覆盖。

在2020年实现安徽省与长三角地区异地就医结算的基础上，2021年又实现了安徽省与长三角地区医保接续转移网上办理。2021年5月27日，经过系统开发、平台对接、联调测试，安徽省直医保率先实现了与长三角地区医保关系接续转移“一网通办”，参保人员只需登录“皖事通”App或安徽政务服务网，输入转出地和转入地的信息，即可办理长三角基本医疗保险关系接续转移。

（三）失业保险参保情况

截至2020年底，安徽省参加失业保险人数为564.24万人，领取失业保险金人数为15.28万人；基金收入27.08亿元，基金支出37.75亿元，当期结余-10.67亿元，累计结余67.56亿元。2021年末，安徽省参加失业保险人数为616.56万人，比上年末增加52.32万人；全年共为15.64万名失业人员发放不同期限失业保险金11.72亿元。

（四）工伤保险参保情况

截至2020年底，安徽省参加工伤保险人数为683.86万人，其中农民工129.39万人，享受伤残待遇5.35万人；基金收入15.08亿元，基金支出24.57亿元，累计结余37.49亿元。2021年末，安徽省参加工伤保险人数为718.05万人，比上年末增加34.19万人，其中农民工参加工伤保险人数为175.6万人。

二、安徽省社会保障发展中存在的问题

（一）企业年金覆盖率太低，缺少第三根支柱

近三年来，虽然安徽省建立企业年金的企业和职工账户数有所增长，但是2021年参加企业年金的人数只是参加城镇职工基本养老保险的4.47%，企业年金的覆盖率太低。随着人口老龄化程度的加深，基本养老保险的替代率会下降，作为养老保险第二根支柱的企业年金可以对职工养老金进行补充。虽然基本养老保险已实现制度全覆盖，但作为第二根支柱的企业年金，相对来说发展一直比较缓慢。由于参保单位和个人数量有限，导致企业年金难以起到养老保险第二根支柱的作用。

作为第三根支柱的个人储蓄养老保险，还没有起步。2022年4月21日，国务院办公厅发布《关于推动个人养老金发展的意见》，提出在中国境内参加城镇职工基本养老保险或者城乡居民基本养老保险的劳动者，可以参加个人养老金制度。个人养老金实行个人账户制度，缴费完全由参加人个人承担，实行完全积累。

（二）养老机构护理人员不足，且薪资较低

护理人员短缺。从被调查的312家养老机构的护理人员来看，在5361名员工中仅有3937名护理人员（护理人员包括护士、护工、医生和后勤人员），其中真正为老人服务的护工仅有2043名，平均每位护工要照看10位老人。由此说明，养老机构护理人员非常短缺，尤其是护工，更加短缺。

护理人员薪酬较低。被调查的312家养老机构护工月平均工资3181元，平均每天工作时间达11个小时，且基本没有休假，工作十分辛苦。

（三）职工医保基金统筹账户收不抵支，个人账户大量结余

职工医保基金分为统筹账户和个人账户，职工住院用统筹账户基金支出，个人账户的基金用于个人门诊和药店购药。2021年11月的数据显示，截至2021年11月，安徽省职工医保基金有71.68亿元的结余，但这些结余主要是个人账户的结余。统筹账户经常出现入不敷出的现象，经常还没到年底，统筹账户的基金已经用完，病人住院以后，医保局到下一年才能将医保基金划给医院。

（四）未能建立起多层次的医疗保障体系

目前安徽省已经建立了基本医疗保险制度、城乡居民大病保险制度和医疗救助制度三重医疗保障体系，但是商业医疗保险的作用没有充分

发挥。无论是基本医疗保险还是大病保险的报销范围都是医保目录中的检查、治疗和药物，而一些重病、大病和罕见病的患者治疗用到的进口材料和药物不属于医保报销的范围，也就无法在基本医疗保险和大病保险中报销，如果没有商业医疗保险作为补充，这些费用只能自己承担，病人的经济负担很重。近年来，安徽省推出了商业补充医疗保险“皖惠保”，由中国人民财产保险股份有限公司承办，该保险不限年龄、健康状况以及户籍，只要参保了安徽省基本医疗保险就可以直接投保，每年只需要交66元，最高提供400万元的保额，其中包括医保目录外的一些医疗费用。由于这项保险是商业保险，宣传的力度有限，很多人不了解该保险的性质和保障范围，致使大部分人没有参加该保险。

三、解决安徽省社会保障问题的对策

（一）鼓励第二根支柱发展的同时要重视第三根支柱的建立

随着我国人口老龄化的加深，新增劳动力的减少，以及单位缴费比例的下调，养老保险基金的结余将逐步耗尽。如果养老保险基金结余用尽，而财政又拿不出足够的资金补贴养老保险基金，那么必然会降低基本养老保险的待遇，老年人的生活水平就会下降。多年来，安徽省企业年金发展缓慢，其主要原因是企业用工成本高，因此，为了鼓励企业为职工建立企业年金，要加强税收政策的支持和引导，同时还要重视第三根支柱的建立。现在国家出台了个人养老金的政策，为了让该政策能很好地执行，政府还应及时出台税收优惠政策鼓励个人缴纳个人养老保险，以保证职工退休以后的生活水平。

（二）提高护理人员的职业地位和薪酬待遇水平

一方面，要提高护理人员的职业地位。政府应该宣传护理职业的重要性，使群众了解护理行业对养老事业发展的重要性。另一方面，政府可以将养老机构的护理划定为公益性岗位，安排就业困难的人群就业，并为他们提供岗位补助，提高其薪酬待遇水平。

（三）适当降低职工医保基金个人账户的比例

虽然从职工医保基金的收支来看，基金结余较多，但主要是个人账户结余，而统筹账户收不抵支。为了平衡医保基金账户，应适当降低单位缴费划入个人账户的比例，以实现医保基金统筹账户的平衡。

（四）鼓励保险公司开发更多的商业医疗保险，加大宣传力度

保险公司的医疗保险有年龄和身体状况的限制，导致很多身体不好或者年龄大的人无法参保。政府应该采取措施鼓励保险公司开发更多像“皖惠保”这样的商业医疗保险，让更多的人参加商业医疗保险，只有参保的人多了，保险基金才能运作起来，才能减轻重病和人病患者的负担。同时，应该加大宣传的力度，让更多的人了解商业医疗保险。

第三节　安徽社会救助的现状、问题及对策

一、安徽省社会救助情况

（一）低保标准不断提高，实现了城乡低保标准统一

截至2021年12月，安徽省共有低保对象208.6万人，较上一年减少了9.4万人。其中享受城市低保待遇的有31.67万人，低保标准是人均677.08元/月，较上一年提高了37.8元；享受农村低保待遇的有176.93万人，低保

标准是人均8125元/年，较上一年提高了455元。2021年，安徽省城乡平均保障标准都达到了人均677.08元/月，实现了低保标准的城乡统一。

（二）特困人员救助能力不断增强

2021年12月，安徽省农村特困人员救助供养人数为33.44万人，其中分散供养28.36万人，集中供养5.08万人，平均供养标准达到人均904.2元/月，较上一年提高53.2元；累计发放农村五保补助资金29.71亿元；城市特困人员救助供养人数1.1万人。2021年，临时救助共计26万人次。

（三）生活无着落人员救助情况

2020年，安徽省共有78个救助站，实现了救助管理机构各市县全覆盖。2021年，救助生活无着落的流浪乞讨人员合计16.6万人次，其中站内救助6.8万人次，站外救助9.8万人次，累计使用救助资金15.18亿元。

二、安徽省社会救助存在的问题

（一）各地市农村低保标准差距较大

虽然安徽省的低保标准逐年提高，但各地市的低保标准还有一定的差距。据安徽省民政厅公布的低保数据显示：2021年12月份，城市低保标准最高的是合肥市，人均806元/月，最低的是黄山市，人均635元/月，两者相差171元；农村低保标准最高的是合肥市，人均9672元/年，最低的是黄山市，人均7620元/年，两者相差2052元。无论是城市低保标准还是农村低保标准，合肥市都是最高的，黄山市都是最低的，说明了两市经济发展水平的差距。

（二）各地农村特困人员供养标准存在较大的差距

虽然安徽省的特困人员救助标准逐年提高，但各地市的供养标准有一定的差距。2021年12月份，安徽省农村特困人员供养标准是人均904元/月，最高的是淮北市，人均1290元/月，最低的是黄山市，人均830元/月，两者相差460元。

三、解决社会救助问题的对策

（一）科学制定低保标准，加大省级财政对落后地区的转移支付力度

低保标准的确定可以依据上一年城乡居民人均可支配收入的一定比例，或者上一年城乡居民人均消费支出的比例，或者国家公布的贫困线来确定。由于各地市的经济发展水平存在差异，各地市低保标准的制定一般是根据其能安排的财政资金数量来确定，这就导致低保标准差距较大。因此，低保标准的确定应按照低保金额占上一年度居民人均消费支出的比例确定，同时各地市在制定当年低保标准时，要做到低保标准高于国家贫困线。对于经济发展水平较低的地方，省级财政要加大转移支付的力度，确保省内的各地市能够确定大致相同的低保水平。

（二）将受疫情影响没有收入来源的生活困难人员纳入临时救助的范围

2022年，随着疫情的反弹，不少地方实施了静态管理，导致一部分人员无法外出工作，或者是无法做生意，加上背负着房贷、车贷等压力，家里没有储蓄，导致他们生活困难。对于受疫情影响的困难人群，政府应当及时给他们提供临时救助，使他们能顺利渡过难关。

（三）特困人员的供养标准要高于低保标准

特困人员不是贫困户，也不是低保户，他们是指无劳动能力，无生活来源，无法定赡养、抚养、扶养义务人或者其法定义务人无履行义务能力的城乡老年人、残疾人以及未满16周岁的未成年人。对特困人员的供养标准既不能按照贫困线确定，也不能按照低保标准确定，供养标准要比贫困线和低保标准高，才能使他们的生活得到较好的保障。由于安徽省每个地方的经济发展水平相差较大，财政资金也有较大的差距，因此，每个地方的特困人员供养标准必然存在差别。但是在制定特困人员救助标准的时候要参照低保标准的方法，使供养标准高于低保标准，并随着经济发展水平的提高而逐年提高。

第二章　安徽就业与劳动关系发展报告

第一节　安徽就业与劳动关系现状

一、安徽省人口与劳动力现状

（一）人口流动活跃

2021年，安徽有常住人口6113万人，在中国排名第九。排在安徽前面的依次是广东、山东、河南、江苏、四川、河北、湖南、浙江（见图2-1）。2020年，安徽省流向省外半年以上的人数为1152万人，外省流入人口为155万人。剔除外省流入人口，得到净流出人口为997万人，这表明安徽省是我国重要的人口外流地。与2010年第六次人口普查相比，2020年安徽省流出人口增加114万人，增长了11.0%，外省流入人口增加83万人，增长了115.3%，这表明安徽省对省外人口的吸引力明显增强[①②]。

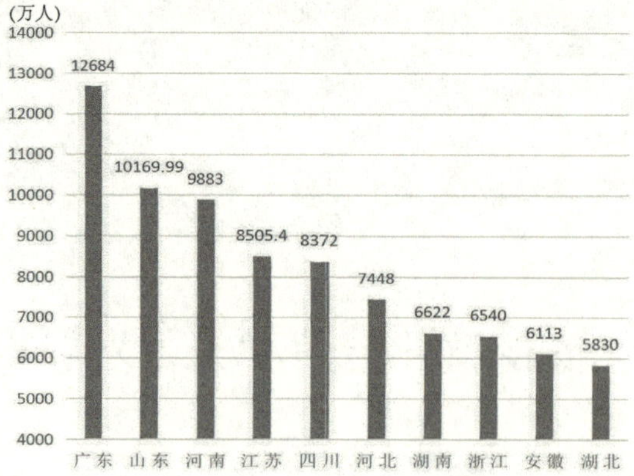

图2-1 2021年我国常住人口数量排名前十的省份

（二）城镇化水平提高

2021年，安徽省常住人口中居住在城镇的人口为3631万人，居住在乡村的人口为2842万人，城镇化率为59.40%（见表2-1）。与2010年第六次人口普查相比，城镇人口比重上升16.2个百分点，城镇化水平提高。

此外，安徽省的城镇化水平落后于全国平均水平。安徽省城镇化率比全国平均水平低5个百分点，原因在于安徽省的非农就业水平较低。

表2-1 安徽省人口及其构成

年份	户籍人口		常住人口		流向省外半年以上的人数/万人
	总数/万人	城镇人口比重/%	总数/万人	城镇人口比重/%	
2005	6516	20.99	6120	35.50	842
2010	6827	22.71	5957	43.20	1038
2011	6876	22.93	5972	44.80	1199

①安徽省统计局.安徽省2010年第六次全国人口普查主要数据公报[EB/OL]. http://www.stats.gov.cn/tjsj/tjgb/rkpcgb/dfrkpcgb/201202/t20120228_30380.html.

②安徽省统计局.安徽统计年鉴2021[EB/OL]. http://tjj.ah.gov.cn/oldfiles/tjj/tjjweb/tjnj/2021/cn.html.

续　表

年份	户籍人口		常住人口		流向省外半年以上的人数/万人
	总数/万人	城镇人口比重/%	总数/万人	城镇人口比重/%	
2012	6902	22.89	5978	46.30	1157
2013	6929	22.92	5988	47.87	1130
2014	6936	22.69	5997	49.31	1053
2015	6949	27.58	6011	50.97	1045
2016	7027	29.52	6033	52.62	1052
2017	7059	31.07	6057	54.29	1058
2018	7083	32.65	6076	55.65	1048
2019	7119	34.65	6092	57.02	1061
2020	—	—	6105	58.33	1152
2021	—	—	6113	59.40	

数据来源:《安徽统计年鉴 2021》《安徽省2021年国民经济和社会发展统计公报》。

(三)劳动年龄人口比重下降

2010—2020年,安徽省人口的年龄结构继续老化。65岁及以上人口在总人口中的比重从2010年的10.23%增长到2020年的15.01%(见表2-2),比全国平均水平高1.51个百分点。需要强调的是,安徽省15～64岁的劳动力老龄化快于全国。相比2010年,2020年安徽省15～64岁的人口在总人口中的比重下降了6.25个百分点,全国则下降了5.9个百分点。

不过在2010—2020年,安徽省的老龄化速度比全国要慢。一方面,安徽省65岁及以上人口的增长率为46.73%,全国平均水平是51.69%。另一方面,安徽省15岁以下未成年人的比重增长比全国平均水平略快,2010—2020年增长了1.41个百分点,而全国增长了1.3个百分点。

表2-2　安徽省及全国人口的年龄结构

指标	2010年				2020年			
	安徽		全国		安徽		全国	
	年末数/万人	比重/%	年末数/万人	比重/%	年末数/万人	比重/%	年末数/万人	比重/%
0~14岁	1057.6	17.77	22259	16.6	1174.2	19.24	25277	17.9
15~64岁	4284	72	99938	74.5	4012.5	65.75	96871	68.6
65周岁及以上	608.5	10.23	11894	8.9	915.9	15.01	19064	13.5

数据来源:《安徽统计年鉴 2011》《安徽统计年鉴 2021》。

(四)劳动力文化素质提高

2010—2020年,安徽省人口文化素质提高。文盲率从2000年的10.06%下降到4.49%。2020年第七次人口普查显示,安徽省常住人口中,大学(指大专及以上)文化程度人口810.5万人,与2010年第六次人口普查相比,每10万人中拥有大学文化程度的由6733人上升为13280人。

需要指出的是,虽然安徽省人口文化程度提升,但是文盲人口占15岁及以上人口的比重为5.56%,比全国的平均水平3.26%高得多。

(五)合肥经济圈的人口快速增长

由于巢湖的拆分,合肥经济圈的核心部分"合肥—芜湖—马鞍山"地位凸显,其常住人口在全省常住人口中的比重快速上升。2020年,三市的常住人口占安徽省常住人口的24.86%。与合肥市相邻的淮南市和铜陵市的人口也快速增长。2010年和2020年,淮南市和铜陵市的人口增长率分别是26.82%和76.15%。此外,人口变化比较明显的是安庆市和六安市,2010年和2020年,两市人口比重分别下降了23.48%和23.66%。详见表2-3。

表2-3 安徽省常住人口的地区分布

地区	2010年		2020年		差额/%	增长率/%
	总人口数/万人	比重/%	总人口数/万人	比重/%		
总计	5956.7	100	6105.0	100	—	—
合肥市	570.8	9.58	937.3	15.35	5.77	60.26
淮北市	211.7	3.55	197.1	3.23	−0.32	−9.06
亳州市	486.1	8.16	499.9	8.19	0.03	0.35
宿州市	536.2	9.00	532.7	8.73	−0.27	−3.05
蚌埠市	316.9	5.32	329.8	5.40	0.08	1.54
阜阳市	761.4	12.78	820.3	13.44	0.66	5.14
淮南市	233.7	3.92	303.5	4.97	1.05	26.82
滁州市	394.1	6.62	398.9	6.53	−0.09	−1.30
六安市	561.8	9.43	439.5	7.20	−2.23	−23.66
马鞍山市	136.7	2.29	216.1	3.54	1.25	54.57
巢湖市	387.6	6.51	—	—	—	—
芜湖市	226.4	3.80	364.6	5.97	2.17	57.16
宣城市	253.4	4.25	250.1	4.10	−0.15	−3.61
铜陵市	72.4	1.22	131.2	2.15	0.93	76.15
池州市	140.3	2.36	134.3	2.20	−0.16	−6.79
安庆市	531.5	8.92	416.7	6.83	−2.09	−23.48
黄山市	136	2.28	133.1	2.18	−0.10	−4.38

数据来源:《安徽统计年鉴 2011》《安徽统计年鉴 2021》。

二、安徽省劳动就业现状

(一)就业总量分析

2010年以来,安徽省的经济活动人口和就业人员突破4000万,并在较长一段时间里保持稳定增长,但增幅越来越小。2019年就业人口首次出现负增长,新增经济活动人口只有4.4万人(见表2-4),基本达到了增量为零的所谓"稳态"。与全国平均水平相比,安徽省的劳动就业情况更好。因为全国的经济活动人口和就业人员从2017年就开始了负增长。

表2-4 2010—2020年安徽省就业情况

单位:万人

年份	经济活动人口	新增经济活动人口	就业人员	新增就业人员
2010	4096.8	—	4050.0	—
2011	4177.8	81	4120.9	70.9
2012	4254.3	76.5	4206.8	85.9
2013	4327.0	72.7	4275.9	69.1
2014	4364.5	37.5	4311.0	35.1
2015	4384.0	19.5	4342.1	31.1
2016	4409.7	25.7	4361.6	19.5
2017	4418.6	8.9	4377.9	16.3
2018	4424.9	6.3	4385.3	7.4
2019	4429.3	4.4	4384.0	-1.3
2020	—	—	3243.0	—

注:2020年就业人员数为常住口径就业人员数,往年均为户籍口径。

数据来源:历年《安徽统计年鉴》,《安徽省2019年国民经济和社会发展统计公报》。

(二)就业的产业结构分析

2010—2019年,安徽的就业率(就业人员/经济活动人口)一直保持在98.6%以上,达到了充分就业水平。在此期间,安徽省就业的产业结构继续优化。相比2010年,2020年安徽第一产业就业人员占总就业人员的比重从39.1%下降到25.1%,第二产业和第三产业的就业比重有小幅提升(见表2-5)。相比之下,全国的就业趋势是第一产业就业剧减,第二产业就业稳定，第三产业就业剧增。

安徽第一产业的就业比重一直偏高，并且与全国平均水平存在一定差距。2010年，安徽第一产业的就业比重比全国平均水平高2.4个百分点，2019年比全国平均水平高6个百分点，2020年比全国平均水平高1.5个百分点（2020年统计口径与往年不同）。

表2-5　安徽省及全国就业的产业结构

指标	2010年		2019年		2020年	
	安徽	全国	安徽	全国	安徽	全国
第一产业就业比重/%	39.1	36.7	30.7	24.7	25.1	23.6
第二产业就业比重/%	25.1	28.7	28.8	28.2	31.5	28.7
第三产业就业比重/%	35.8	34.6	40.5	47.1	43.4	47.7

数据来源：《安徽统计年鉴 2011》《安徽统计年鉴 2020》《安徽统计年鉴 2021》。

（三）就业的城乡结构分析

安徽省劳动者就业的城乡结构与全国有很大差异。在全国层面上，2010—2019年，城乡就业人员比从1∶1.19变为1∶0.75，2020年更是上升为1∶0.62；而2010—2019年，安徽省的城乡就业人员比从1∶3.16变为1∶2.1（见表2-6）。也就是说，全国的城镇就业人员数量超过了乡村就业人员数，但具体到安徽，城镇就业人员数量不到农村就业人员数的一半。如果从常住口径就业人员数来看，2020年安徽省城乡就业人员比为1∶0.81，虽然城镇就业人员数超过了乡村，但并未达到全国平均水平。

表2-6 安徽省及全国就业的城乡结构

单位：万人

指标	2010年		2019年		2020年	
	全国	安徽	全国	安徽	全国	安徽
城镇就业人员数量	34687	973.5	44247	1415.5	46271	1791.0
乡村就业人员数量	41418	3076.5	33224	2968.5	28793	1452.0

注：2020年安徽省就业人员数为常住口径就业人员数，往年均为户籍口径。

数据来源：《安徽统计年鉴2011》《安徽统计年鉴2020》《安徽统计年鉴2021》。

安徽在个体就业上也具有特殊性。2010—2019年，全国的城乡个体就业人员比例比较稳定，接近2:1；而安徽的城乡个体就业人员比例在4:1左右（见表2-7），是华东地区比例最高的。原因是安徽农村的工业经济不发达，无法吸纳大量的劳动力，大量的剩余劳动力只能采取个体户的从业形式。

表2-7 安徽省及全国城乡个体就业人员

单位：万人

指标	2010年		2019年	
	全国	安徽	全国	安徽
城镇个体就业人员数量	4467	264.1	11692	677.2
乡村个体就业人员数量	2540	67.5	6000	152.6

数据来源：《安徽统计年鉴2011》《安徽统计年鉴2020》。

（四）就业的所有制结构分析

2010—2019年，安徽国有/城镇集体单位雇工人数减少，虽然在2020年有所增加，但总的来说其在职工就业方面的作用快速下滑。2010年，安徽国有/城镇集体单位为城镇职工提供了60%的就业岗位,到了2020年下降到32.5%,更多的职工流向了非生产部门。值得关注的是,在20世纪90年代曾经繁荣一时的集体经济有逐渐消亡的迹象,2020年的就业人员只有7.7万(见表2-8)。

表2-8 安徽城镇非私营单位就业人数

单位:万人

指标	2010年	2015年	2018年	2019年	2020年
总就业人数	372.9	513.8	592.3	581	565.6
国有单位	206	189.1	181.2	170.1	175.9
城镇集体单位	17.9	14.7	12.5	8.0	7.7
其他单位	149.1	310	398.6	402.9	382.1

数据来源:《安徽统计年鉴2021》。

(五)就业的薪酬分析

国有/城镇集体单位的工资份额与其就业份额逐渐走向非平衡。2020年,国有/城镇集体单位吸纳了32.5%的职工,但工资总额占城镇非私营单位工资总额的40.97%。2010—2020年城镇就业人员年平均工资见表2-9所示。可以看出,非私营单位中,2012年以前国有单位职工与其他单位职工的收入相近,城镇集体单位垫底。但此后国有单位与其他单位的差距逐渐拉大。2020年,城镇集体单位职工与其他单位职工的年平均工资基本持平,国有单位职工的年平均工资是非国有单位职工的1.5倍左右,是私营单位职工的2倍左右。

表2-9 安徽城镇就业人员年平均工资

单位:元

年份	非私营单位			私营单位
	国有单位	城镇集体单位	其他单位	
2010	35014	24537	34587	19595

续 表

年份	非私营单位			私营单位
	国有单位	城镇集体单位	其他单位	
2011	40732	29205	41649	23810
2012	44818	34741	45209	27601
2013	48683	37927	47765	30872
2014	51974	41741	50657	35268
2015	60433	47261	52302	37148
2016	66210	50976	55076	39110
2017	75733	56758	59346	41199
2018	93210	63843	66089	44964
2019	99851	66059	70415	48461
2020	107953	76836	75613	52582

数据来源:根据2011—2021年《安徽统计年鉴》整理。

三、安徽省劳动关系现状

(一)劳动争议案现状

2020年,安徽省劳动争议案上期未结案件数为633件,同比下降29.74%,当期案件受理数为30183件,同比增长1.20%,其中,集体争议案件数为120件,劳动者申诉案件数为24140件,劳动者申诉案件占当期案件受理数的79.98%。涉及劳动者当事人数33667人,同比下降5.37%,其中集体争议涉及劳动者当事人数2253人,涉及劳动报酬11149万元,同比增长7.98%。产生劳动争议案的原因主要是社会保险和劳动合同问题,其中涉及社会保险的7393件,涉及工伤保险的4592件,涉及解除、终止劳动合同的5619件。从案件处理情况来看,2020年,安徽省劳动争议案结案数为30392件,同比增长1.02%,其中,通过仲裁调解结案的有18834件,占结案数的61.97%,通过仲裁裁决结案的有10492件,占结案数的34.52%,通过其他方式结案的有1066件。从处理结果来看,用人单位胜诉的有3281件,占结案数的10.80%,劳动者胜诉的有11841件,占结案数的38.96%,双方部分胜诉的有12515件,占结案数的41.18%。除此之外,通过案外调解的案件数有5996件。本期剩余未结案件数为424件,比上期未结案件数少217件[①]。

劳动争议案涉及的企业类型有国有企业、城镇集体企业、外商投资及港澳台投资企业、私营企业和其他。2020年,政府受理各类企业劳动争议案件30183件,其中,国有企业的劳动争议案件数为1057件,城镇集体企业的劳动争议案件数为93件,外商投资及港澳台投资企业的劳动争议案件数为523件,私营企业的劳动争议案件数为27049件,其他类型企业的劳动争议案件数为1461件。各类企业劳动争议案件数比例如表2-10所示。各类企业的劳动争议案共涉及劳动者33667人,其中,国有企业劳动争议案涉及劳动者人数为1061人,城镇集体企业劳动争议案涉及劳动者人数为107人,外商投资及港澳台投资企业劳动争议案涉及劳动者人数为528人,私营企业劳动争议案涉及劳动者人数为30376人,其他企业劳动争议案涉及劳动者人数为1595人。各类企业劳动争议案涉及劳动者人数占比如表2-11所示。

表2-10 2020年安徽省各类企业劳动争议案件数比例

企业类型	案件数比例/%
国有企业	3.50
城镇集体企业	0.31
外商投资及港澳台投资企业	1.73
私营企业	89.62
其他	4.84

①数据来源:《中国劳动统计年鉴2020》《中国劳动统计年鉴2021》。

表2-11 2020年各类企业劳动争议案件涉及劳动者人数比例

企业类型	涉案人数比例/%
国有企业	3.15
城镇集体企业	0.32
外商投资及港澳台投资企业	1.57
私营企业	90.22
其他	4.74

(二)劳动争议案发展趋势

2011—2020年,安徽省劳动争议案当期案件受理数与结案数基本持平(见图2-2)。可以看出,相关部门的办事效率较高。2011—2020年,结案率最低的为2011年,结案率最高的为2020年。2011—2020年,安徽省劳动争议案当期案件受理数逐年增加,由2011年的8684件增加到2020年的30183件,由此反映出企业民主管理和劳动争议及协商制度不健全,若不采取相关措施,劳动争议案数量将会继续增加。

图2-2 2011—2020年安徽省劳动争议案当期案件受理数与结案数

（三）劳动保障监察现状

2020年，安徽省人力资源和社会保障厅公布了两批重大劳动保障违法典型案件和拖欠农民工工资黑名单，第一批包括10个违法典型案例和34条拖欠农民工工资黑名单信息，第二批包括10个违法典型案例和14条拖欠农民工工资黑名单信息。两批典型案例中案件从授受投诉到最后移送公安机关，平均处理时间为81天，最短的是8天，最长的是327天。案件涉案金额平均为58.4万元，最高为255.3万元，最低为9.5万元；案件平均涉案劳动者人数为28人，最多涉案人数为79人，最少涉案人数为11人。两批共有48条黑名单信息，共涉及金额2334万，平均涉案金额为49.66万元，涉及劳动者1604人，平均涉及劳动者人数为34人。

第二节　安徽人口与劳动就业存在的问题

一、城镇化水平相对落后

2021年末，安徽省常住人口6113万人，常住人口城镇化率为59.4%，低于全国平均水平，在华东地区六省一市中排倒数第一。第一产业增加值占全省生产总值的7.8%，比江西省低0.1个百分点，在华东地区排名第二。

安徽省城镇化水平的落后与其产业有关。安徽地处长江中下游地区，北部为华北平原，中部为江淮丘陵和长江中下游平原，南部和西部多山地、丘陵。2021年末，安徽常住人口有6113万人，在全国34个省份中排名第八。众多的人口和平原、丘陵地带决定了安徽的农业基础比较好。安徽的沿江和沿淮地区工业基础较好，因为拥有丰富的煤（淮南和淮北）、铁（马鞍山）和铜（铜陵），但大部分地区工业落后。此外，安徽不靠海，没有海港，很难进行出口贸易，外贸对经济的促进很有限。

二、人口老龄化严重

安徽省在1998年就进入老龄社会，早于全国两年。2020年第七次人口普查表明，安徽省65岁及以上人口占安徽省总人口的15.01%，安徽省已向深度老龄社会转变。“十四五”时期，20世纪60年代生育高峰所形成的队列会相继跨入老年期，人口老龄化进程加快，这将给安徽省经济社会发展带来巨大挑战。

另据安徽省全员人口数据库统计，2017—2021年，安徽省新生儿数量整体呈断崖式下降趋势，年增长率分别为-12.1%、-11.4%、-15.8%、-17.8%[①]。安徽省的育龄妇女人数也在逐年下降，据预测，到2025年，安徽省15～49周岁育龄妇女人数平均每年将减少20万人。另外，安徽省约有1000万人在省外常住，其工作、养育孩子等都在外地。

在老龄人口增多和新生儿减少的背景下，安徽省的劳动力供给会愈加紧张，从而影响到经济可持续发展。

三、劳动力外流严重

安徽省是中国最大的人口输出省份之一，有1000万左右的劳动力常驻省外，这种状况已经持续了10年以上。相比之下，从省外流入安徽省的人口只有100多万，相当于有900多万常住人口净流出。详见表2-12。

表2-12　安徽省常住人口流动

单位：万人

年份	流向省外半年以上人口	省外流入人口
2010	1038	—
2011	1199	—
2012	1157	—

① 张英．出生人口断崖式下跌的安徽：年人口流出900万，育龄妇女年均减少20万[N].经济观察报，2021-10-09.

续 表

年份	流向省外半年以上人口	省外流入人口
2013	1130	85
2014	1053	95
2015	1045	106
2016	1052	107
2017	1058	114
2018	1048	132
2019	1061	147
2020	1152	155

数据来源:《安徽统计年鉴 2021》。

劳动力大量外流对社会经济发展有着深远的影响。一方面,这会造成人力资本的大量流出,因为劳动者的流动性越强,往往意味着其在劳动力市场上竞争力越强,内含的人力资本越高。另一方面,外流劳动力多处于生育年龄,人口流动倾向会降低生育意愿,即使生育,新生儿也多定居在省外,这不利于本地生育率的回升。

四、非正规就业过多

安徽存在明显的“二元经济”特征,改革开放以来的新增就业机会多由非正规部门提供。非正规就业在缓解就业压力、推动劳动力市场发育、促进产业结构调整等方面发挥了积极的作用。但非正规就业的增长也带来了一些负面影响,如低收入者比重增加、收入分配差距拉大、社会保障覆盖率低、劳动生产率低下、技术进步受限等。

非正规就业的劳动者缺乏劳动保障(一般特指法定的养老保险)。在我国劳动者参与的社会保险中,职工基本养老保险替代率较高,基本可以满足劳动者退休后的生活;覆盖面也最大,既面向正规就业的职工,也面向自营劳动者,而后者往往有着相对稳定的收入来源,从而可以用参加职工基本养老保险的职工占城镇就业人员的比例来衡量地方非正规就业的规模。表2-13给出了2020年华东地区的非正规就业指标。可以看出，安徽参加职工基本养老保险的职工占城镇就业人员的比例刚刚过半，低于江西约11个百分点，远低于全国平均水平。

表2-13　2020年华东地区非正规就业规模比较

地区	城镇就业人员/万人	参加职工基本养老保险的职工人数/万人	参加职工基本养老保险的职工占城镇就业人员的比例/%
全国	46271	32858.7	71.01
上海	1202	1094.9	91.09
江苏	3481	2593.4	74.5
浙江	2755	2313.9	83.99
安徽	1791	914.4	51.06
福建	1479	991.6	67.05
江西	1296	806.7	62.25
山东	3346	2292.1	68.5

数据来源：《中国统计年鉴2021》。

第三节　改善安徽就业与劳动关系的对策

一、走乡村振兴战略与新型城镇化结合的道路

新型城镇化是农民进城并且实现安居乐业的过程。农村人口减少会减轻国家支持乡村振兴的压力：增加了农村的人均占有资源，有利于农业现代化要素的投入和适度规模经营，可提供的建设用地资源会越来越多，刺激农业调整经营结构以满足城市居民多元化的需求。根据发达国家的历史经验，城市化率达到70%以上甚至更多，才可以实现对农业和农村的全面支持。显然，安徽省当前面临的最大问题是，如何让更多的农业人口离开农业和农村。

促进乡村振兴。在采取支持农村发展政策的同时，首先要落实好新

型城镇化的各项政策。例如，完善户籍管理制度改革和农民工市民化，使得已经进城就业多年的农业转移人口真正地在城市扎下根；落实好农村集体土地入市，让农村和农民更好地分享城镇化的收益和成果；更好发挥小城市低成本的优势，吸引更多的产业进入，并发挥返乡创业农民的作用。更重要的是，可以考虑城镇化和非农化的战略空间选择。通过集体土地承接非农产业，带动农村非农就业，为未来城镇化的多元化途径提供重要的机会。只有农村人口减少了，才能更好实现工业反哺农业、城市支持农村。

二、提高生育率和人口素质

低生育率是社会发展和进步的必然产物，这是所有进入现代化阶段的经济体都要面临的挑战。但是，安徽的人均生产总值只有10900美元[①]，还远远不是发达经济体，过早地陷入低生育陷阱需要引起警觉。从国际上来看，低生育陷阱并不是不可逆转的，如果能够降低生育成本，生育率可能会回升到世代更替水平。比较有争议的措施是增加外来移民。对于安徽来说，治本的长期措施是促进劳动力回流，短期措施是降低托幼成本，比如增加3岁以下的托儿所、降低托幼费用、延长有薪的产假和育儿假等。

提高人口素质是减少生育率下降冲击的最好办法。1999年的高等教育扩招后带来的大学生队伍迅速扩张，在较短的时间里形成了一支高水平劳动力队伍，为中国成为“世界工厂”奠定了人才基础。新时代下，各种新业态、新模式的涌现以及人工智能越来越广泛的应用，对智力劳动者的需求越来越高。教育是形成人力资本核心的要素之一。安徽省拥有数量众多的高等院校和科研院所，还拥有三所各具特色的“211”大学，一所顶尖的“985”大学，具有高等教育扩张的先天优势。安徽省需要尽快解决教育投入不足、教育资源分配不公平、教育结构不合理等问题。只有把人口

①安徽省统计局，国家统计局安徽调查总队.安徽省2021年国民经济和社会发展统计公报[EB/OL].https://www.ah.gov.cn/zfsj/tjgb/2021n/554109601.html.

素质提高上去，才能最大限度地实现由质量驱动对要素驱动的真正超越。

三、创造公平合理的市场环境

统筹城乡就业，建立健全城乡劳动者平等就业制度，拓宽农村劳动力转移就业渠道，促进农村富余劳动力转移就业和外出务工人员返乡创业。

政府应将农村劳动力转移就业纳入国民经济和社会发展规划。农村劳动力和农民工可以和城镇劳动力一样享受国家扶持的职业技能培训。将农民工的管理纳入城市综合管理中，农民工居住、子女教育等方面所需经费向城镇户籍居民看齐，消除城乡二元就业的格局，形成城乡平等的统一的劳动力市场。

实现城乡平等就业，就需要建立城乡平等的就业准入和管理机制。要确立城乡劳动者在劳动力市场的同等地位，尽快建立和完善城乡一体化的劳动力市场和劳动保障服务机构，实行城乡统一的就业登记制度，建立城乡统筹的用工管理制度，按照市场需求配置劳动力资源，实现劳动力的自由流动和平等竞争。

四、促进就业正规化

非正规就业包括在正规和非正规部门/企业或在家庭中开展的非正规工作。在经济发展早期，推行非正规就业有助于解决就业问题和减少贫困。但到了新时代高质量发展时期，应该推动就业质量的提高和就业的正规化。经济的高速增长是促进正规就业增长的重要条件之一，但同时也需要政府通过法律、信贷、劳动力教育培训等多种手段与途径，建立健全对非正规就业的监管系统，有效推动“体面就业”，降低非正规就业率，实现社会就业公平。具体做法包括以下几个方面：

第一，提高劳动生产率。一方面，制定并实施针对非正规就业者的教育和培训计划，提高他们的劳动素质和就业技能，打破“非正规就业”和“人力资本低下”之间的恶性循环。另一方面，提高企业生产率及盈利水平，推动非正规企业向正规企业转型。

第二，建立健全相关的劳动规章制度。具体内容包括有关劳动报酬、工作时间、休息休假、劳动安全卫生、保险福利、职工培训、劳动纪律以及劳动定额管理等直接涉及劳动者切身利益的事项。规章制度是劳动合同的一部分，应当让劳动者知晓并理解，并且企业和劳动者都要遵守执行。

第三，制定和完善正规化就业的激励保障措施。通过信贷、担保、技术援助等多种渠道支持小企业与微型企业发展，推动小微企业的正规化。

第四，加强对非正规就业的监管。通过法律、制度、社会保险等一系列手段保障非正规就业者的基本权利，并加强相关法律、法规在非正规部门的执行力度。

第三章　安徽医疗保障发展报告

2021年是“十四五”规划开局之年，也是我国迈向第二个百年奋斗目标的新起点。2021年，安徽省坚持把人民健康放在优先发展的战略位置，以维护和增进人民群众健康为宗旨，不断提高基本医疗保障制度的保障水平，巩固拓展医疗保障脱贫攻坚成果有效衔接乡村振兴战略，积极实施分级诊疗制度，加强医保基金监管，加大集中带量采购力度，大力推进“智慧”医保平台建设，全省卫生健康事业取得较大进展。

第一节　安徽医疗保障制度发展现状

一、安徽省基本医疗保险制度参保状况

（一）安徽省基本医疗保险制度总参保人数

2021年，安徽省基本医疗保险制度总参保人数总体呈平稳态势。截

至2021年12月底，安徽省基本医疗保险总参保人数达到6662.93万人，比2020年总参保人数减少了42.1万人。其中，参加城乡居民基本医疗保险的人数有所减少，而参加城镇职工基本医疗保险的人数一直呈上升态势。详见表3-1和图3-1。

表3-1　2010—2021年安徽省基本医疗保险总参保人数

单位：万人

年份	新农合参保人数	城镇居民基本医疗保险参保人数	城镇职工基本医疗保险参保人数	总参保人数
2010	4750.20	930.89	612.85	6293.94
2011	4917.10	953.59	659.32	6530.01
2012	5043.80	974.76	685.21	6703.77
2013	5149.60	944.87	715.97	6810.44
2014	5190.80	1016.53	739.88	6947.21
2015	5191.00	974.29	763.30	6928.59
2016	5121.00	839.57	781.95	6742.52
2017	4653.70	1298.86	809.20	6761.76
2018	4687.00	1615.30	854.58	7156.88
2019	5843.26*		888.91	6732.17
2020	5752.96*		952.07	6705.03
2021	5652.95*		1009.98	6662.93

注：* 2019年以后的数据为安徽省城乡居民基本医疗保险参保人数。原因在于2019年安徽省新农合制度和城镇居民基本医疗保险制度合并成为城乡居民基本医疗保险制度。

数据来源：2010—2020年数据来源于2011—2021年《安徽统计年鉴》；2021年数据来源于安徽省医疗保障局，http://ybj.ah.gov.cn/sjtj/index.html。

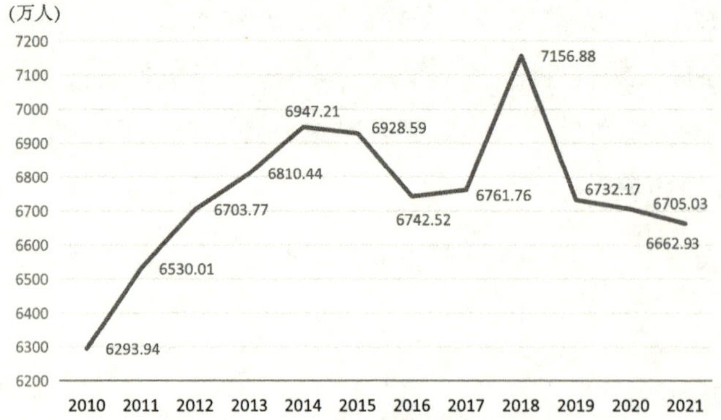

图3-1　2010—2021年安徽省基本医疗保险总参保人数

(二)安徽省城镇职工基本医疗保险参保状况

截至2021年底,安徽省城镇职工基本医疗保险参保人数总计达到1009.98万人,与去年同期相比增加了57.91万人,参保人数呈现稳步增长态势。而从城镇职工基本医疗保险参保率角度看,2021年安徽省城镇职工基本医疗保险参保率达到54.24%,与2020年相比上升了1.08个百分点。详见表3-2。

表3-2　2010—2021年安徽省城镇职工基本医疗保险参保人数及参保率状况

年份	城镇就业人数/万人	参保人数/万人	参保率/%
2010	973.5	612.85	62.95
2011	1038.3	659.32	63.50
2012	1141.0	685.21	60.05
2013	1226.2	715.97	58.39
2014	1277.4	739.88	57.92
2015	1292.1	763.30	59.07
2016	1327.5	781.95	58.90
2017	1378.5	809.20	58.70
2018	1385.3	854.58	61.69
2019	1415.5	888.91	62.80

续　表

年份	城镇就业人数/万人	参保人数/万人	参保率/%
2020	1791.0	952.07	53.16
2021	1861.9	1009.98	54.24

数据来源:2010—2020年数据来源于2011—2021年《安徽统计年鉴》,2021年数据来源于安徽省人力资源和社会保障厅。

分地区来看,截至2020年12月底,合肥市城镇职工基本医疗保险参保人数最多,达到2684733人;其次是芜湖市,为868753人;池州市最少,仅为174376人。而从各地市城镇职工基本医疗保险参保人数的环比增长情况可以看出,宣城市的环比增长率最大,为17.13%;其次是马鞍山市,环比增长率为10.09%;而宿州市的环比增长幅度最小,为3.19%。详见表3-3。

表3-3　2020年安徽省各地市城镇职工基本医疗保险参保情况

地区	参保人数/人	环比增长率/%
合肥市	2684733	8.26
淮北市	456430	3.91
亳州市	303087	9.86
宿州市	348359	3.19
蚌埠市	547934	3.25
阜阳市	502233	6.25
淮南市	608921	3.38
滁州市	523572	7.56
六安市	396547	6.93
马鞍山市	564197	10.09
芜湖市	868753	6.24
宣城市	426903	17.13
铜陵市	382239	5.67
池州市	174376	8.49
安庆市	491210	8.01
黄山市	236730	4.36

数据来源:根据2020—2021年《安徽统计年鉴》整理计算。

(三)安徽省城乡居民基本医疗保险参保状况

截至2021年底,安徽省城乡居民基本医疗保险参保总人数达到5652.95万人,比2020年减少了100.01万人。详见图3-2。

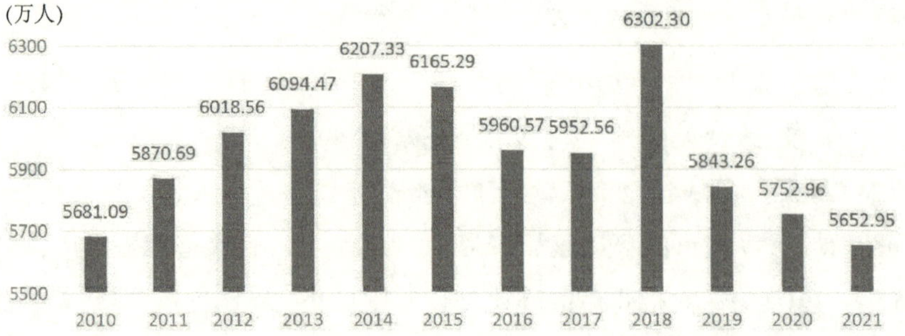

图3-2 安徽省2010—2021年城乡居民基本医疗保险参保人数

分地区来看,截至2020年底,阜阳市城乡居民基本医疗保险参保人数最多,达到9217925人;其次是合肥市,参保人数达到5642039人;黄山市参保人数最少,仅为1185761人。而从各地市的城乡居民基本医疗保险参保人数的环比增长率比较情况可以看出,2020年仅亳州市参保人数有所增加,但增加幅度不大,仅为0.35%。大多数地市城乡居民基本医疗保险参保人数在减少,其中宣城市城乡居民基本医疗保险参保人数环比减少幅度最大,达到13.20%。详见表3-4。

表3-4 2020年安徽省各地市城乡居民基本医疗保险参保情况

地区	参保人数/人	环比增长率/%
合肥市	5642039	-0.09
淮北市	1603099	-2.55
亳州市	5607745	0.35
宿州市	5541611	-0.37
蚌埠市	3036996	-0.47
阜阳市	9217925	-0.64

续　表

地区	参保人数/人	环比增长率/%
淮南市	2894412	−2.31
滁州市	3702736	−0.91
六安市	5111968	−1.22
马鞍山市	1666445	−1.95
芜湖市	2993729	−1.62
宣城市	2284275	−13.20
铜陵市	1261681	−2.15
池州市	1363235	−1.83
安庆市	4416089	−2.21
黄山市	1185761	−2.74

数据来源：根据2020—2021年《安徽统计年鉴》整理计算。

二、安徽省基本医疗保险基金收入、支出及结余情况

（一）安徽省基本医疗保险基金总收入、总支出及结余情况

2021年1至12月，安徽省基本医疗保险基金总收入（含生育保险）为903.23亿元，与2020年相比增加了104.61亿元；基本医疗保险基金总支出（含生育保险）为818.41亿元，与2020年相比增加了86.21亿元。其中，城镇职工基本医疗保险基金收入（含生育保险）为418.90亿元，基金支出（含生育保险）为322.22亿元；城乡居民基本医疗保险基金收入（含生育保险）为484.33亿元，基金支出（含生育保险）为496.20亿元。详见表3-5。

表3-5　2021年安徽省基本医疗保险基金（含生育保险）收入与支出情况

单位：亿元

项目	基金收入	基金支出
城镇职工基本医疗保险	418.90	322.22
城乡居民基本医疗保险	484.33	496.20
总计	903.23	818.41

数据来源：安徽省医疗保障局，http://ybj.ah.gov.cn/sjtj/index.html。

（二）安徽省城镇职工基本医疗保险基金收入及支出情况

从基金收入总量来看，截至2021年12月底，安徽省城镇职工基本医疗保险基金收入达到418.90亿元，与去年同期相比增加了92.05亿元，增幅率达到28.16%。从城镇职工基本医疗保险基金支出总量来看，2021年1至12月，安徽省城镇职工基本医疗保险基金支出为322.22亿元，与去年同期相比，基金支出量增加了35.64亿元，增幅率达到12.44%。从基金累计结余来看，2021年安徽省城镇职工基本医疗保险基金累计总结余额达到643.35亿元，与去年同期相比，增加了100.72亿元，增幅率达到18.56%。而从基金累计结余可支付月数来看，2021年安徽省城镇职工基本医疗保险基金累计结余可支付月数已达到23.96个月。详见表3-6。

表3-6　2010—2021年安徽省城镇职工医疗保险基金收入及支出情况

年份	基金收入/亿元	基金支出/亿元	基金累计结余/亿元	累计结余可支付月数/个
2010	80.43	68.66	105.90	18.51
2011	107.34	88.35	124.86	16.96
2012	129.33	110.06	144.14	15.72
2013	159.48	128.37	175.25	16.38
2014	173.72	147.73	201.25	16.35
2015	194.03	169.12	226.15	16.05
2016	218.84	177.71	267.28	18.05

续 表

年份	基金收入/亿元	基金支出/亿元	基金累计结余/亿元	累计结余可支付月数/个
2017	260.16	203.57	323.88	19.09
2018	309.50	229.19	405.17	21.21
2019	350.98	266.19	502.35	22.65
2020	326.85	286.58	542.63	22.72
2021	418.90	322.22	643.35	23.96

数据来源：2010—2020年数据来源于2011—2021年《安徽统计年鉴》，2021年数据来源于安徽省医疗保障局，http://ybj.ah.gov.cn/sjtj/index.html。

分地区来看，截至2020年底，合肥市城镇职工基本医疗保险无论是基金收入总量、支出总量还是累计结余总量均为全省最多。2020年，合肥市城镇职工基本医疗保险基金收入总量为1008724万元，基金支出总量为955475万元，累计结余总量为2134715万元。而池州市无论是基金收入总量、支出总量还是累计结余总量均为全省最少。2020年，池州市基金收入总量为63050万元，基金支出总量为48665万元，累计结余总量为97684万元。从累计结余基金可用月数来看，2020年，亳州市城镇职工基本医疗保险累计结余基金可用月数最多，达39.56个月，而淮南市城镇职工基本医疗保险累计结余基金可用月数最少，为11.69个月。详见表3-7。

表3-7　2020年安徽省各地市城镇职工基本医疗保险基金收入、支出及结余情况

地区	基金收入/万元	基金支出/万元	累计结余/万元	累计结余基金可用月数/个
合肥市	1008724	955475	2134715	26.81
淮北市	162676	145492	243749	20.10
亳州市	108375	68703	226463	39.56
宿州市	108099	84955	269771	38.11
蚌埠市	163511	151404	213415	16.91
阜阳市	167823	137596	260638	22.73
淮南市	181976	195196	190108	11.69
滁州市	194564	163089	325009	23.91

续 表

地区	基金收入/万元	基金支出/万元	累计结余/万元	累计结余基金可用月数/个
六安市	135462	101221	273867	32.47
马鞍山市	181340	160019	206997	15.52
芜湖市	301862	246646	314962	15.32
宣城市	143974	108762	196844	21.72
铜陵市	100808	94318	153393	19.52
池州市	63050	48665	97684	24.09
安庆市	169836	144354	196362	16.32
黄山市	76400	59862	122279	24.51

数据来源:根据2020—2021年《安徽统计年鉴》整理计算。

(三)安徽省城乡居民基本医疗保险基金收入及支出情况

2021年1至12月,安徽省城乡居民基本医疗保险基金总收入达到484.33亿元,与去年同期相比增加了8.03亿元,增幅率达到1.69%。从基金支出总量来看,2021年1至12月,安徽省城乡居民基本医疗保险基金总支出达到496.20亿元,与去年同期相比,基金总支出增加了47.42亿元,增幅率达到10.57%。详见表3-8。

表3-8 2010—2021年安徽省城乡居民基本医疗保险基金收入及支出情况

单位:亿元

年份	新农合		城镇居民基本医疗保险		基金总收入	基金总支出
	基金收入	基金支出	基金收入	基金支出		
2010	80.65	63.21	18.47	13.38	99.12	76.59
2011	130.76	93.20	25.22	17.60	155.98	110.80
2012	186.98	142.86	32.16	23.66	219.14	166.52
2013	232.61	177.57	41.75	34.46	274.36	212.03
2014	265.99	206.46	37.24	32.65	303.23	239.11

续 表

年份	新农合		城镇居民基本医疗保险		基金总收入	基金总支出
	基金收入	基金支出	基金收入	基金支出		
2015	311.69	223.20	45.11	37.05	356.80	260.25
2016	367.69	254.92	47.33	37.07	415.02	291.99
2017	392.49	274.68	80.25	66.45	472.74	341.13
2018	438.18	320.35	107.06	100.59	545.24	420.94
2019	—	—	—	—	436.79	444.00
2020	—	—	—	—	476.30	448.78
2021	—	—	—	—	484.33	496.20

注:2010—2021年基金总收入数据为新农合基金收入和城镇居民基本医疗保险基金收入之和;2010—2021年基金总支出数据为新农合基金支出和城镇居民基本医疗保险基金支出之和。

数据来源:2010—2020年数据来源于2011—2021年《安徽统计年鉴》;2021年数据来源于安徽省医疗保障局,http://ybj.ah.gov.cn/sjtj/index.html。

分地区来看,2020年,阜阳市城乡居民基本医疗保险基金收入总量、支出总量和累计结余额均为全省最多,其中,阜阳市城乡居民基本医疗保险基金收入总量达744684万元,基金支出总量为736619万元,累计结余总量为341479万元。而黄山市城乡居民基本医疗保险无论是基金收入还是基金支出均为全省最少,其中,基金收入总量为97880万元,基金支出总量为85461万元。而从累计结余基金可用月数来看,2020年,淮南市累计结余基金可用月数最多,达12.80个月,而宣城市累计结余基金可用月数最少,为4.06个月。详见表3-9。

表3-9 2020年安徽省各地市城乡居民基本医疗保险基金收支及结余情况

地区	基金收入/万元	基金支出/万元	累计结余/万元	累计结余基金可用月数/个
合肥市	524339	494121	218900	5.32
淮北市	134052	112313	89257	9.54
亳州市	448753	406662	216739	6.40

续 表

地区	基金收入/万元	基金支出/万元	累计结余/万元	累计结余基金可用月数/个
宿州市	443102	398558	226111	6.81
蚌埠市	247284	252739	186539	8.86
阜阳市	744684	736619	341479	5.56
淮南市	297565	207757	221633	12.80
滁州市	297047	294043	157439	6.43
六安市	420281	410867	143241	4.18
马鞍山市	130844	122420	74657	7.32
芜湖市	242366	228846	150917	7.91
宣城市	185488	183543	62067	4.06
铜陵市	98194	95677	43428	5.45
池州市	109393	105473	48081	5.47
安庆市	341733	352723	124437	4.23
黄山市	97880	85461	54720	7.68

数据来源：根据《安徽统计年鉴 2021》整理计算。

三、安徽省医疗保障制度筹资水平

（一）城镇职工基本医疗保险筹资水平

目前安徽省直生育保险和职工基本医疗保险合并实施，机关事业单位职工基本医疗保险费率为8.4%，企业职工基本医疗保险费率为8.5%，个人费率为2%。此外，为减轻企业和灵活就业人员参保缴费负担，2021年，按照国家关于缴费基数下限过渡相关要求，安徽省社会保险费个人月缴费基数下限为3429.11元。

(二)城乡居民基本医疗保险筹资水平

根据安徽省医疗保障局、安徽省财政厅和国家税务总局安徽省税务局联合印发的《关于做好2021年城乡居民医疗保障工作的通知》,为支持巩固提高居民医保待遇水平,逐步扩大医保支付范围,2021年安徽城乡居民医保筹资标准提高至900元,其中:人均财政补助标准新增30元,达到每人每年不低于580元;同步提高居民医保个人缴费标准40元,达到每人每年320元。此外,2021年安徽省完善了城乡居民基本医疗保险参保个人缴费资助政策,通过医疗救助资金对特困人员给予全额资助,对低保对象给予80%~90%定额资助,对返贫致贫人口、脱贫不稳定和纳入相关部门农村低收入人口监测范围的人口在5年过渡期内给予定额资助,以确保特困人员、低保对象、返贫致贫人口等救助对象动态纳入基本医疗保险覆盖范围。

(三)城乡居民大病保险筹资水平

根据安徽省医疗保障局、安徽省财政厅和国家税务总局安徽省税务局联合印发的《关于做好2021年城乡居民医疗保障工作的通知》,2021年大病保险筹资标准提高至100元左右,以确保城乡居民大病保险制度运行平稳。

四、安徽省医疗保障制度保障水平

(一)城镇职工基本医疗保险制度保障水平

根据国务院办公厅印发的《关于建立健全职工基本医疗保险门诊共济保障机制的指导意见》,安徽省人民政府办公厅于2021年12月出台了

《安徽省建立健全职工基本医疗保险门诊共济保障机制实施办法》。该办法不仅改革了个人账户制度，调整了个人账户计入标准，而且明确建立了职工普通门诊费用共济保障制度，将职工的普通门诊费用纳入医保报销，结束了20年来普通门诊费不报销的历史。该办法规定，在做好高血压、糖尿病等群众负担较重的门诊慢性病、特殊疾病（以下统称“门诊慢特病”）医疗保障工作的基础上，逐步将多发病、常见病普通门诊费用纳入统筹基金支付范围。职工一个自然年度内在定点医疗机构普通门诊发生的以及在符合条件的定点零售药店门诊处方外配购药的政策范围内费用，超过统筹地区上年城乡居民人均可支配收入3%左右的部分，由统筹基金按规定支付。在职职工的政策范围内费用支付比例从50%起步，退休职工的支付比例高于在职职工5个百分点。这一改革将切实减轻城镇职工基本医疗报销制度参保人员的医疗费用负担。以2020年安徽省职工普通门诊费用水平测算，按不低于50%的比例报销，预计可以为参保职工报销普通门诊费用约51亿元。

（二）城乡居民基本医疗保险制度保障水平

为贯彻落实《中共中央 国务院关于深化医疗保障制度改革的意见》，推动实施城乡居民基本医疗保险民生工程项目，安徽省出台了《安徽省2021年城乡居民基本医疗保险实施方案》。该方案规定，城乡居民基本医疗保险制度保障主要包括两个方面：一是普通门诊待遇。2021年，安徽省健全了城乡居民医保普通门诊统筹制度，参保居民在定点基层医疗卫生机构发生的政策范围内普通门诊医药费用，医保基金支付比例不低于50%。参保居民中符合条件的高血压、糖尿病患者按规定享受“两病”门诊用药保障待遇。二是住院保障待遇。参保居民政策范围内住院医疗费用，医保基金支付比例稳定在70%以上。同时，通过实行差别化医保支付政策，进一步拉开不同层级医疗机构的起付标准和支付比例，引导参保居民在基层医疗卫生机构就医，促进分级诊疗体系建设。

（三）城乡居民大病保险制度保障水平

根据安徽省统一的城乡居民大病保险保障待遇实施方案，2021年安徽省城乡居民大病保险起付线统一至居民人均可支配收入的一半，大病保险合规费用支付比例不低于60%。2021年，安徽省加大了对特困人员、低保对象、脱贫人口（不含稳定脱贫人口）的倾斜支付，较普通参保居民起付线降低50%，报销比例提高5个百分点，并全面取消封顶线，进一步减轻了大病患者、困难群众的医疗负担。

五、巩固拓展医疗保障脱贫攻坚成果有效衔接乡村振兴战略

为探索建立防范化解因病致贫返贫长效机制，确保医保脱贫成果更加稳固、成效更加可持续，安徽省医疗保障局联合多部门于2021年9月下发了《安徽省巩固拓展医疗保障脱贫攻坚成果有效衔接乡村振兴战略实施方案》，对脱贫县在规定的5年过渡期内梯次减轻参保人员医疗费用负担。安徽省健康脱贫综合医疗保障政策（“351”“180”政策）将过渡到通过基本医疗保险、大病保险、医疗救助三重制度来承接保障，立足于脱贫人口的分类认定，为特困人员、低保对象、防止返贫监测人口、稳定脱贫人口等提供精准医疗保障。2021年，安徽农村医疗卫生服务“空白点”动态清零，31.97万脱贫人口34种大病实行“应治尽治”，96.08万脱贫人口家庭医生签约服务继续实行“应签尽签”。2021年，安徽省对脱贫人口实施的三重保障制度的具体政策包括：

在城乡居民基本医疗保险资助参保方面，对特困人员参加城乡居民基本医疗保险的个人缴费，由医疗救助资金给以100%资助，对低保对象的个人缴费按80%～90%定额资助，对监测人口的个人缴费按50%定额资助。

在城乡居民大病保险方面，对于特困人员、低保对象、返贫致贫的人口设置了倾斜的支付政策，大病保险最低的分段报销比例提高5个百分

点，是65%左右，并且不设报销上限。

在夯实医疗救助托底保障方面，经基本医疗保险、大病保险等报销后个人自付部分按规定给予救助，特困人员、低保对象医疗救助不设起付线，救助比例分别不低于80%、75%；返贫致贫人口医疗救助起付线1500元，救助比例不低于70%；脱贫不稳定和纳入农村低收入人口监测范围的医疗救助起付线3000元，救助比例不低于60%。此外，为建立防范化解因病致贫返贫长效机制，稳定脱贫人口、普通参保居民因患重病导致家庭生活出现严重困难的，可以依申请享受医疗救助。

六、积极实施分级诊疗制度

为了让基层群众享受更加优质的医疗服务，推进优质医疗资源下沉，2021年，安徽省积极推动分级诊疗制度建设，大力发展紧密型城市医联体和紧密型县域医共体。

在城市，以三级公立综合医院为龙头，带动社区卫生服务中心，按照"五包十统一"的路径建设紧密型城市医联体，通过医联体内信息系统互联互通、检验检查结果互认，构建优质高效的城市医疗卫生服务体系，助力分级诊疗制度的落实。目前，全省有12个市已建立34个紧密型城市医联体，大医院专家资源有效下沉，社区卫生服务中心共建立"名医工作室"113个，下沉专家600余人，带教查房1.2万余次。全省社区卫生服务中心门急诊量达到1870万人次，较上一年度增加11%。紧密型城市医联体试点将逐步推广到16个地市。

在县域，按照县乡一体化、乡村一体化原则，落实"两包三单六贯通"政策，积极推进紧密型县域医共体建设。目前全省有59个县(市)已建立125个紧密型县域医共体，实现县域全覆盖。"15分钟就医圈"基本形成，服务人口达4500万人。县域内就诊(住院)率达到84%，较上一年度提升4个百分点。截至2021年12月底，全省跨省就医同比减少18.59万人次，占比下降至7.73%。

七、医保基金监管情况

医保基金是老百姓的“看病钱”“救命钱”，基金的安全不仅关乎广大民众的切身利益，也关系到医疗保障制度的健康持续发展。为加强医保基金监管，维护参保人的合法权益，2021年8月，安徽省人民政府办公厅出台了《关于建立健全医疗保障基金使用监管长效机制的若干意见》，通过构建监管长效机制、加强社会监督共治、实施欺诈骗取医保基金行为举报奖励、建立典型案件“曝光台”，持续开展打击欺诈骗保专项行动、“三假”专项整治和存量问题“清零行动”，让基金“跑冒滴漏”的乱象得到有效遏制。据统计，2021年以来，安徽省各级医保部门共检查定点医药机构3961家，处理协议医药机构336家，其中，暂停协议43家，解除协议2家，移送司法处理10家，移送纪委监委1家，公开曝光280家，追回医保基金4686.78万元。

八、集中带量采购情况

为切实减轻群众看病负担，2021年安徽省共完成5类医用耗材、5类临床检验试剂产品集中带量采购，通过创新招采机制，推进带量采购产品价格联动措施，顺利完成88个临床检验试剂产品谈判议价，相关产品价格平均降幅达到47.02%，共节约资金约9.72亿元，走出了一条行之有效，可复制、可推广的“安徽集采”新路。2021年9月29日，安徽省医疗保障局（简称“安徽省医保局”）又开展2021年度全省乙类大型医用设备集中采购工作，这意味着国内首个大型医疗设备集中带量采购启动。自2021年以来，安徽省乙类大型医用设备采购总金额达5.3亿元，与医院预算采购价相比，节约近2.6亿元，节资率达33%。

九、大力推进“智慧”医保平台建设

2021年，安徽省全面推进医保信息化平台建设，以尽快建成统一、高效的医保信息系统。目前，安徽省医保电子凭证激活总量、激活率均排名全国第三位，全省医保结算由“卡时代”迈入“码时代”。此外，2021年7月，安徽首个线上医保结算在中国科学技术大学附属第一医院（安徽省立医院）成功应用，标志着国家标准线上医保结算应用在安徽率先落地。该流程是国家医保局最新应用标准，采用“实名+实人”的线上安全核验技术，实现了基于医保电子凭证线上医保结算。参保群众除了可以在医院官方小程序上进行预约挂号、缴费扣款、报告查询外，还可以不用垫付资金，直接实时医保结算，免去在医院就医反复排队、来回奔波等问题，大大缩短了群众院内就医时间，有效缓解了群众“看病难”问题。目前，同步试点的合肥、芜湖、亳州、安庆、黄山5个市均已顺利推进。

十、异地就医结算情况

一方面，打通省内异地定点零售药店直接结算通道。2021年5月，安徽省异地定点零售药店直接结算系统正式上线运行，参保群众在合肥、阜阳、亳州、宣城、六安、芜湖、淮南等市定点零售药店，用自己的医保电子凭证或医保卡顺利实现异地结算。至此，我省异地就医结算全面实现了住院、门诊、零售药店等业务全覆盖。另一方面，2021年，安徽省医保局积极主动与长三角地区医疗保障部门沟通协调，制定异地就医结算实施方案。2021年5月27日，经过紧张的系统开发、平台对接、联调测试，安徽省直医保率先实现长三角地区医保关系转移接续“一网通办”。目前参保人员只需登录“皖事通”App或安徽政务服务网，输入转入地、转出地信息，即可办理长三角基本医疗保险关系转移接续。

此外，为维护异地就医资金安全，针对异地就医的医疗行为不规范、医疗费用增长不合理等问题，2021年，安徽省出台了《安徽省异地就医定点医疗机构住院费用控制办法（试行）》。为有效解决安徽省参保群众跨省异地就医直接结算与手工报销之间存在的“待遇差”问题，安徽省医保局着力推进待遇保障机制规范化、推进长三角医保一体化、推进直接结算便捷化、推进待遇补差惠民化、推进政策宣传普及化，以“五推进”打通群众异地就医“痛点堵点”，不断提升医保精细化管理水平。

第二节　安徽医疗保障制度存在的问题

一、基本医疗保险统筹层次偏低

医疗保险统筹层次偏低影响着医疗保险基金互助共济和风险分担的能力，也影响着医疗保险基金的使用公平性及使用效率，还增加了管理成本，影响了异地就医。目前，安徽省基本医疗保险制度统筹层次仅为地市级统筹，各地医疗保险基金尤其是城镇职工基本医疗保险基金结余额差距较大。

二、多层次医疗保障体系仍存在短板

2020年2月，《中共中央 国务院关于深化医疗保障制度改革的意见》明确提出，“到2030年，全面建成以基本医疗保险为主体，医疗救助为托底，补充医疗保险、商业健康保险、慈善捐赠、医疗互助共同发展的医疗保障制度体系”。目前，安徽省已建立了包括基本医疗保险制度、城乡居民大病保险制度和医疗救助制度的三重医疗保障体系，多层次医疗保障体系的框架已经基本形成，但还存在一定的短板。一是商业保险机构的专业优势没有得到充分发挥。社会医疗保险的基本原则是“广覆盖、保基本”，商业健康保险则应发挥补充作用，为患者尤其是重特大疾病的患者提供基本医疗保险不保的医疗费用补偿。但实践中安徽省商业健康保险发挥的作用仍很有限。二是医疗互助制度发展较滞后。医疗互助是我国多层次医疗保险体系中的一部分，在基本医疗保险的基础上对“非基本”医疗需求进行补充，旨在补齐基本医疗保障“短板”。目前，安徽省实施的医疗互助主要有省直机关在职职工医疗互助、安徽省教科文卫体系统在职职工医疗互助等，覆盖面较窄。三是重特大疾病医疗保障缺乏顶层设计。为做好重特大疾病医疗保障，进一步减轻困难群众和大病患者医疗

费用负担，防范化解因病致贫返贫，国务院办公厅出台了《关于健全重特大疾病医疗保险和救助制度的意见》(国办发〔2021〕42号)，但对于重特大疾病医疗保障机制的概念，目前并没有明确的界定。由于国家和省级层面缺乏统一的框架设计，导致实践中各地确定的病种、标准不一，容易造成就医待遇保障的不公平。

三、以保健预防为主的医疗体制尚需完善

预防是最经济、最有效的健康策略。党的十九大作出实施健康中国战略的重大决策部署，强调坚持预防为主，倡导健康文明生活方式，预防控制重大疾病。中共中央、国务院印发《“健康中国2030”规划纲要》，将以人民健康为中心的“大健康观”“大卫生观”等理念融入公共政策制定实施的全过程，以减少住院支付环节的发生，从而更好地维护人民群众的健康。但目前的医疗保险制度是一种以治病为中心的医疗保险模式，在疾病预防方面投入力度较小。比如新型冠状病毒给卫生健康事业，尤其是公共卫生与传染病防治领域带来严峻挑战，突发疫情不仅展现出公共卫生体系的重要性及其现存短板，更是给卫生健康事业建设提出更高要求。此外，目前随着居民生活方式快速变化，高血压、糖尿病等慢性病成为主要疾病负担且发病年龄逐渐趋于年轻化，如何进行防控也是今后医保工作需着重考虑的。

四、科学合理的医疗服务评价体系尚待完善

目前的医疗服务评价体系主要侧重于对医疗费用的控制，采用的指标也是医疗费用的相关指标，例如住院费用、门诊费用、药费、药占比等。但该考核评价体系并没有充分体现医保支付方式改革的根本目标，即保障居民享有的基本医疗服务权益，关注服务质量。这种医疗服务评价体系容易导致出现“住院15天须出院”“医院年底突击控费”等类似的医疗机构向患者转嫁医疗服务费用、影响服务质量的风险。

第三节　完善安徽医疗保障制度的对策建议

一、提高医疗保险统筹层次

建议提升医疗保险统筹层次，改变目前基本医保政策的分散决策模式，逐步收回基本医保政策调整权限至省级政府，地市及以下政府不再拥有基本医保待遇政策调整权限，从而加强政府对保险服务的宏观调控力度和灵活度，最终实现最大效益化的全方位基本医疗保险服务机制。

二、不断健全多层次医疗保障制度体系

一是继续夯实三重制度综合保障。首先，继续完善城镇职工医保个人账户制度改革。比如针对部分地区实体药店价格过高问题，可探索将一些大型互联网药店纳入定点药店范畴，可刷医保卡购药。其次，安徽省城乡居民基本医疗保险个人缴费额一直在增加，但由于城乡居民之间收入不平衡的影响，部分居民参保缴费的压力确实在增大，这会对稳定或提高参保率带来不利影响，建议完善城乡居民基本医疗保险筹资政策，优化个人缴费和政府补助结构。最后，调整完善大病保险、医疗救助政策，适当扩大保障范围，切实发挥缓解因病致贫、因病返贫的功能。

二是完善重特大疾病医疗保障制度顶层设计。应以启动制定"十四五"规划为契机，在省级层面对重特大疾病医疗保障制度进行统筹设计，出台统一的政策，落实党的十九届四中全会提出的"健全重特大疾病医疗保险和救助制度"的要求，并形成自上而下、行之有效的监管体系，以标准化的制度和精准的监管推进重特大疾病医疗保障的发展。

三是发挥好市场主体、社会力量的作用。要重点发挥补充层面的商业健康保险、医疗互助、慈善捐助的功能。一方面，进一步加强与商业保险机构的合作，从商业健康保险着手，鼓励商业保险机构开发重特大疾病

保险产品，充分发挥商业健康保险的专业优势，切实提升医疗保障体系的整体保障功能。另一方面，在医疗互助方面，建议在职工医疗互助保险“广覆盖”的背景下，扩大实施范围，比如可探索“家庭联保”的参保形式，对职工子女、父母及配偶的重特大疾病进行补偿。也可增加退休职工、女性职工等特殊人群保险计划的政策设计。

三、进一步完善以保健预防为主的医疗体制

应加强医疗保险的预防机制建设力度，加大公共卫生体系建设，加强对高血压、心脑血管疾病、糖尿病、恶性肿瘤、常见地方病等重大非传染性疾病及其高危人群的干预和服务，完善区、镇（乡、街道）、村（居委会）三级健康教育网络，开展全民健康素养传播活动，推动重点人群改变不良生活习惯，引导人们形成健康生活方式，从源头减少疾病发生，以显著降低社会医疗成本，减轻群众疾病负担。

四、运用大数据技术建立医疗服务监督体系

在医疗保险制度中，城镇职工医保定点医院和医生是特殊的利益主体，在医疗费用控制上处于核心地位。因此，需建立有效的医疗服务监督体系，防范医疗机构和医生利用医疗服务领域的信息不对称而采取过度医疗以及医保欺诈等行为。可以利用大数据技术对医疗机构进行基础数据监控，对门诊诊断、用药、住院治疗、医保结算等过程进行数据采集，通过建立有效的信息识别规则，对数据进行核查以及定性分析，实现对医疗服务合理性的实时监控和有效反馈。此外，在医疗服务评价体系中也应当加大关于服务质量的指标权重，比如重症康复率、人均体检次数、人均医疗检查率等。同时也要增加关于患者自付医疗费用、自付比相关指标的评估，从而规范医疗机构的诊疗，减少患者在接受服务过程中被转嫁费用的风险。在此基础上，将评估结果与医保基金的年度预算总额分配挂钩，在注重控制费用的基础上，加强对医院医疗服务质量和效率的监测。

第四章　安徽养老保险发展报告

为了助力稳市场主体，促进保就业、保物流畅通和产业链供应链稳定，尽可能降低新冠肺炎疫情的影响，安徽省继2020年阶段性减免企业社会保险费之后，于2022年4月再次出台对餐饮、零售、旅游、民航、公路水路铁路运输等特困行业企业的纾困举措，包括定向阶段性缓缴企业职工养老保险费等政策，同时全力保证养老金等各项社会保险待遇按时足额支付，对于抗击疫情、稳定社会和发展经济都起到了重要作用。

第一节　安徽城镇职工养老保险发展状况

一、城镇职工养老保险基本状况与分析

（一）城镇职工基本养老保险的就业参保率

如表4-1所示，由于新冠肺炎疫情的影响，2020年城镇就业参保率陡

然下降。2014—2019年，安徽省城镇职工基本养老保险的就业参保率一直保持良好的增长势头，特别是2017年增加幅度较大，2017—2019年也每年抬升3个百分点。这主要得益于近年来的减税降费政策以及社保费的征缴体制改革，使企业和职工对基本养老保险制度的信心以及遵从度等都不断提高。相信随着疫情的缓解，参保率将会有所回升。

表4-1　2014—2020年安徽省城镇职工基本养老保险就业参保率情况

年份	城镇就业人数/万人	城镇职工基本养老保险参保职工人数/万人	城镇就业参保率/%
2014	1277.4	596.9	46.7
2015	1292.1	610.9	47.3
2016	1327.5	634.3	47.8
2017	1378.5	754.1	54.7
2018	1385.3	798.8	57.7
2019	1415.5	860.3	60.8
2020	1791.0	914.4	51.1

注：城镇就业参保率＝城镇职工基本养老保险参保职工人数/城镇就业人数。

数据来源：根据《安徽统计年鉴2021》整理。

（二）城镇职工基本养老保险替代率

2014—2020年，安徽省城镇职工基本养老保险替代率如表4-2所示。

表4-2　2014—2020年安徽省城镇职工基本养老保险年平均养老金及替代率

年份	城镇在岗职工年平均工资/元	离退休职工年平均养老金/元	平均替代率/%
2014	50894	21396	42.0
2015	55139	23418	42.5
2016	59102	25080	42.4
2017	53914	25137	46.6

续 表

年份	城镇在岗职工年平均工资/元	离退休职工年平均养老金/元	平均替代率/%
2018	61025	26394	43.3
2019	63749	27714	43.5
2020	69218	29100	42.0

注：平均替代率 = 离退休职工年平均养老金/城镇在岗职工年平均工资。

数据来源：其中2014—2016年“城镇在岗职工年平均工资”来源于《安徽统计年鉴2018》“城镇非私营单位主要年份就业人员平均工资”，2017—2020年数值是由2018—2021年《安徽统计年鉴》城镇在岗职工平均工资中私营与非私营单位职工工资的简单平均而得。

多年来安徽省的养老金每年都进行了一定幅度的上调，总体来说养老金替代率基本比较稳定。当然，由于不同年份工资水平的涨幅存在一些差异，如2018年城镇职工工资平均增加13.2%，涨幅较大，有些年份则涨幅较小，因此替代率略有浮动属正常现象，但总体上均在40%的国际标准以上。

（三）基金收支情况

如表4-3所示，总体来看，2016—2019年，安徽省城镇职工基本养老保险基金一直收入大于支出，结余呈增长态势。其中2018年，安徽省对养老保险缴费基数和养老金待遇水平进行了调整，在基金收支两方面的增加额都比较显著。2019年5月以后对养老保险的单位缴费率进行了下调，基金收入较2018年有较大幅度下降。2020年，由于新冠肺炎疫情的影响，基金收入继续下滑，同时首次出现了当年基金支出大于收入的负结余情况，以至累计结余基金有所下降，但由于前期累计结余情况较好，奠定了良好的财务基础，不存在支付困难，足以支撑本省城镇职工退休人员养老金的按时足额发放。

表4-3　2016—2020年安徽省城镇职工基本养老保险情况

年份	年末参保职工总人数/万人	离休、退休、退职人员年末人数/万人	基金收支情况		
			基金收入/万元	基金支出/万元	累计结余/万元
2016	634.3	257.9	8394118	6965752	11852299
2017	754.1	322.9	10202349	8115654	13938994
2018	798.8	342.9	21051657	18176103	16814548
2019	860.3	356.7	16594395	14311418	19045435
2020	914.4	369.1	15014999	15472778	18587656

注:基金收入包括单位和职工个人缴纳的基本养老保险费、基本养老保险基金利息收入、上级补助收入、下级上解收入、转移收入、财政补贴和其他收入。基金支出包括离休金、退休金、退职金、各种补贴、医疗费、死亡丧葬补助费、抚恤救济费、社会保险经办机构管理费、补助下级支出、上解上级支出、转移支出、其他支出等。

数据来源:《安徽统计年鉴 2021》。

(四)城镇职工养老保险制度改革与养老金调整政策

自2005年开始,安徽省实行企业退休人员养老金调整方案,采取普遍调整和适当倾斜相结合的办法,此后每年都会适度上调基本养老金,使退休人员的养老待遇水平逐年稳步提高。同时,养老金的调整水平一直保持较为稳定的延续性,2016年安徽省企业退休人员养老金增长7.1%,比全国平均增长率高出0.6个百分点,2017年安徽省总体调整幅度约为6%,2018—2020年的总体调整幅度约为5%。2021年,由于受新冠肺炎疫情影响,按照国家“尽力而为、量力而行”的要求,安徽省2021年继续适度调整基本养老金,根据省人力资源和社会保障厅及省财政厅联合印发的皖人社发〔2021〕6号文件《关于2021年调整退休人员基本养老金的通知》,确定了2021年调整退休人员基本养老金方案,决定从2021年1月1

日起，为2020年12月31日前已按规定办理退休手续的企业和机关事业单位退休人员增加基本养老金，总体调整水平以我省2020年退休人员月人均基本养老金的4.5%确定。养老金调整情况如表4-4所示。

表4-4　历年安徽省城镇职工养老保险金调整政策一览

年份	调整标准	总体调幅
2021	定额部分：企业和机关事业单位退休人员实行统一的定额调整标准，每人每月增加35元。挂钩部分：实行本人缴费年限和本人基本养老金水平“双挂钩”，缴费年限每满1年，每人每月增加2元，同时每人每月增加本人2020年12月份基本养老金的1%	4.5%
2020	与2019年相比，定额与挂钩部分调整标准相同。倾斜部分：企业和机关事业单位退休人员在80～84周岁、85周岁以上两个年龄段标准分别提高20元、60元。即年满70～74周岁、75～79周岁、80～84周岁和85周岁及以上的企业退休人员，高龄倾斜标准分别为140元、180元、280元、390元。相应年龄段的机关事业单位退休人员，高龄倾斜标准分别为100元、130元、210元和290元	5%
2019	定额部分：每人每月增加45元。挂钩部分：按本人缴费年限和本人2018年12月份基本养老金水平增加。缴费年限每满1年，每人每月增加2元；每人每月增加本人基本养老金的1%。倾斜部分：年满70～74周岁、75～79周岁、80～84周岁、85周岁及以上的企业退休人员，每人每月分别增加140元、180元、260元和330元。机关事业单位退休人员的相应年龄段增加标准是100元、130元、190元和230元	5%
2018	定额部分：每人每月增加40元。挂钩部分：按本人缴费年限每满1年，每人每月增加2元；每人每月增加本人基本养老金的1%。倾斜部分：对高龄退休人员，在定额增加和挂钩增加的基础上再另行增加额度不等的补贴	5%
2017	定额部分每人每月增加40元；缴费年限每满1年，每人每月增加2元；每人每月增加本人基本养老金水平的1.5%	6%
2016	定额部分：每人每月上涨65元。挂钩部分：缴费年限每满1年，每人每月增加2元。倾斜部分：企业高龄退休人员，分年龄段每人每月分别增加140元、180元、260元、330元，机关事业单位高龄退休人员，相应年龄段每人每月分别增加40元、70元、120元、160元	7.1%

二、各地市城镇职工基本养老保险参保情况概览

安徽省各地市城镇职工基本养老保险基本情况如表4-5所示。从参保人数看，2020年黄山市猛增40%以上，淮南市、马鞍山市、淮北市略微增长；从养老金领取人数变化来看，各地市增长率大约在2%～5%范围内。参保人数增长率高于养老金领取人数增长率的城市分别是合肥市、亳州市、蚌埠市、阜阳市、六安市、芜湖市、宣城市、池州市、安庆市和黄山市。

表4-5　2020年安徽省各地市城镇职工基本养老保险参保与领取人数变化情况

地区	参保人数/人		增长率/%	领取养老金人数/人		增长率/%
	2019年	2020年		2019年	2020年	
合肥市	2197348	2401568	9.3	458975	476287	3.8
淮北市	408673	413483	1.2	125356	131481	4.9
亳州市	304400	330528	8.6	104250	109023	4.6
宿州市	303974	311703	2.5	147786	154750	4.7
蚌埠市	500341	530748	6.1	217125	222899	2.7
阜阳市	419908	432757	3.1	197679	202072	2.2
淮南市	435562	437562	0.5	228776	235524	2.9
滁州市	414392	421820	1.8	209127	216701	3.6
六安市	308596	335304	8.7	171864	177975	3.6
马鞍山市	448505	452019	0.8	254941	264161	3.6
芜湖市	677722	731521	7.9	356293	365824	2.7
宣城市	520446	563407	8.3	191027	199943	4.7
铜陵市	249209	253668	1.8	122151	128505	5.2
池州市	161700	170471	5.4	64232	66790	4.0
安庆市	530732	556447	4.8	243856	253021	3.8
黄山市	190279	267190	40.4	91371	94873	3.8

数据来源：根据2020—2021年《安徽统计年鉴》整理。

从各地市城镇职工养老保险的参保人数和领取养老金人数的增长率

的对比来看，2018年以后前者普遍高于后者，总体发展态势良好均衡。详见表4-6。

表4-6 2017—2020年安徽省各地市城镇职工基本养老保险参保人数及领取养老金人数增长率

地区	参保人数增长率/%				领取养老金人数增长率/%			
	2017	2018	2019	2020	2017	2018	2019	2020
合肥市	13.9	6.9	10.5	9.3	15.4	5.1	2.9	3.8
淮北市	13.1	2.9	4.2	1.2	25.4	7.6	5.2	4.9
亳州市	61.5	8.6	10.6	8.6	74.8	5.8	3.6	4.6
宿州市	42.3	3.9	2.1	2.5	64.3	5.2	5.0	4.7
蚌埠市	15.0	5.4	6.2	6.1	21.0	7.7	3.0	2.7
阜阳市	38.7	6.5	13.6	3.1	63.9	4.9	4.1	2.2
淮南市	17.2	1.6	2.5	0.46	21.8	4.2	3.5	2.9
滁州市	23.8	1.1	1.5	1.8	34.7	5.7	4.2	3.6
六安市	40.4	2.5	5.5	8.7	43.4	5.9	3.6	3.6
马鞍山市	3.3	2.3	2.3	0.8	12.9	6.3	3.8	3.6
芜湖市	14.8	5.9	5.2	7.9	16.9	6.1	3.9	2.7
宣城市	21.6	20.8	8.9	8.3	27.7	8.2	4.9	4.7
铜陵市	16.1	2.7	1.9	1.8	26.0	7.5	6.0	5.2
池州市	28.5	4.0	5.6	5.4	43.7	6.9	3.9	4.0
安庆市	18.2	3.1	3.7	4.8	20.8	7.8	4.1	3.8
黄山市	21.6	2.2	3.7	40.4	41.5	7.1	3.9	3.8

数据来源：根据2018—2021年《安徽统计年鉴》整理。

如表4-7所示，从2017—2020年各地市养老保险制度赡养率[①]的变化情况来看，整体上比较平稳。其中，合肥市制度赡养率一直在0.2左右，居全省最低，相当于约5个缴费职工养1个退休人员，养老负担较轻。这主要是其特殊的省会区位优势，能够吸引更多青年劳动力，因而劳动力结构

① 制度赡养率是指参保的离退休人数占参保职工人数的比例，简称赡养率。

更年轻化。其他大部分地区的制度赡养率均在0.5左右，养老压力较大，特别是马鞍山市养老负担较重，其制度赡养率呈逐年增加态势，2020年已达0.58。

表4-7　2017—2020年安徽省各地市城镇职工基本养老保险制度赡养率

地区	制度赡养率				地区	制度赡养率			
	2017	2018	2019	2020		2017	2018	2019	2020
合肥市	0.23	0.22	0.21	0.20	六安市	0.55	0.57	0.56	0.53
淮北市	0.29	0.30	0.31	0.32	马鞍山市	0.54	0.56	0.57	0.58
亳州市	0.38	0.37	0.34	0.33	芜湖市	0.53	0.53	0.53	0.50
宿州市	0.47	0.47	0.49	0.50	宣城市	0.43	0.38	0.37	0.35
蚌埠市	0.44	0.45	0.43	0.42	铜陵市	0.45	0.47	0.49	0.51
阜阳市	0.52	0.51	0.47	0.47	池州市	0.39	0.40	0.40	0.39
淮南市	0.51	0.52	0.53	0.54	安庆市	0.44	0.46	0.46	0.45
滁州市	0.47	0.49	0.50	0.51	黄山市	0.46	0.48	0.48	0.36

数据来源：根据2018—2021年《安徽统计年鉴》整理。

三、城镇职工基本养老保险发展状况的省际比较

1.与全国情况比较

与全国相比，2020年安徽省城镇职工基本养老保险在参保职工人数、离退休人数、基金收入以及累计结余四项重要指标上的增长率均优于全国平均水平，如表4-8所示。由于疫情的影响，2020年全国城镇职工基本养老保险基金收入大幅下滑，支出正常增长，导致基金累计结余额负增长。虽然安徽省城镇职工基本养老保险基金累计结余也因疫情而下降，但幅度远小于全国平均水平。从基金支出的增幅来看，安徽省的增长率高于全国近1倍。

表4-8　2020年全国及安徽省城镇职工基本养老保险主要指标变化情况比较

地区	参保职工增长率/%	离退休人员增长率/%	基金收入增长率/%	基金支出增长率/%	累计结余增长率/%
全国	5.39	3.67	-16.14	4.21	-11.55
安徽省	6.29	3.49	-9.52	8.11	-2.40

数据来源：根据2020—2021年《中国统计年鉴》和《安徽统计年鉴2021》相关数据整理。

2. 与中部省份比较

如表4-9所示，从2020年养老保险主要参数指标的变化量来看，与山西省、江西省、河南省、湖北省、湖南省五个中部省份相比，总的来说安徽省城镇职工基本养老保险的运行状况属于正常状态。2020年是疫情暴发第一年，湖北、河南两省相对比较严重，江西、湖南两省疫情相对较轻。因此，中部六省情况差别较大。

表4-9　2020年中部省份城镇职工基本养老保险运行状况比较

省份	参保职工增长率/%	离退休人员增长率/%	基金收入增长率/%	基金支出增长率/%	累计结余增长率/%
山西	9.50	1.68	-9.78	10.42	-8.20
安徽	6.29	3.49	-9.52	8.11	-2.40
江西	7.78	3.53	-1.40	8.20	-12.20
河南	5.89	3.72	-17.71	0.98	-18.67
湖北	4.31	2.14	-16.27	0.04	-5.30
湖南	14.02	3.44	-1.91	6.86	1.54

数据来源：根据2020—2021年《中国统计年鉴》和《安徽统计年鉴2021》相关数据整理。

再从制度赡养率指标来看，如表4-10所示，在中部六个省份中，河南省为0.30，数值最低，说明河南省城镇职工基本养老保险参保人员结构相对较为年轻；安徽省的情况基本与2019年持平，制度赡养率为0.40，与山西省、江西省、湖北省、湖南省四省相比略有优势，也略高于全国平均值。

在中部六省中，除河南省外其他五省养老保险制度赡养率都高于全国平均水平，说明中部省份的养老压力普遍不容乐观。

表4-10　2020年中部省份城镇职工基本养老保险制度赡养率比较

省份	参保职工/万人	离退休人员/万人	制度赡养率
山西	654.7	278.2	0.42
安徽	914.4	369.1	0.40
江西	806.7	360.7	0.45
河南	1724.1	524.4	0.30
湖北	1147.9	596.8	0.52
湖南	1222.1	502.7	0.41
全国	32858.7	12762.3	0.39

数据来源：根据《中国统计年鉴2021》相关数据整理。

第二节　安徽城乡居民养老保险发展状况

一、城乡居民社会养老保险基本情况

根据最新统计数据，2020年末全国城乡居民基本养老保险参保人数为54243.8万人，比2019年增加近1000万人，领取待遇人数为16068.2万人，比2019年增长36.3万人。全年城乡居民基本养老保险基金收入4852.9亿元，基金支出3355.1亿元，累计结余9758.6亿元。与2019年相比，基金累计结余增长18.3%，增幅比2019年有较大提高，表明在全国整体层面上城乡居民基本养老保险制度运行状况良好。为了更好地发挥城乡居民基本养老保险在保障城乡老年居民基本生活、调节收入分配、促进社会和谐稳定等方面的积极作用，安徽省积极完善城乡居民基本养老保险相关制度。例如，2014年出台了《安徽省人民政府关于进一步完善城乡居民基本养老保险制度的实施意见》（皖政〔2014〕84号）；2019年根据《人

力资源社会保障部、财政部关于建立城乡居民基本养老保险待遇确定和基础养老金正常调整机制的指导意见》(人社部发〔2018〕21号),安徽省人力资源和社会保障厅与安徽省财政厅出台了《关于建立城乡居民基本养老保险待遇确定和基础养老金正常调整机制的实施意见》(皖人社发〔2019〕15号);2022年根据多年的实施情况出台了《安徽省城乡居民基本养老保险经办规程》(皖人社发〔2022〕1号)。

从2020年1月起,安徽省将参保缴费政府补贴最低标准调整为:缴200元补40元,缴300元补50元,缴400元补60元,缴500元补70元,缴600元补80元,缴700元补90元,缴800元补100元,缴900元补110元,缴1000元补120元,缴1500元补150元,缴2000元及以上的补200元。鼓励有缴费能力的参保人员选择中、高档次缴费,多缴多补,长缴多得。参保人员中断缴费,补缴的不享受缴费补贴。鼓励集体经济组织提高缴费补助,鼓励其他社会组织、公益慈善组织、个人为参保人缴费加大资助。对符合参加城乡居民基本养老保险条件的建档立卡贫困户等特殊困难群体,地方政府代缴的100元最低缴费档次给予30元补贴。①

政府对符合待遇领取条件的参保人全额支付城乡居民基本养老保险基础养老金,养老金水平不断提高。近5年来,安徽省城乡居民基本养老保险基础养老金待遇水平不断提高,省统一发放的基础养老金最低标准,从最初每人每月50元到70元,再到87元,再到105元。目前,安徽省城乡居民基本养老保险基础养老金最低标准为每人每月110元(含中央财政补助)。同时市、县(市、区)可自行提高增发标准,有些地区就根据自身情况作了更大幅度调整,比如2021年7月以后广德市将基础养老金标准由每月115元提高为每月125元。2016—2020年城乡居民基本养老保险情况如表4-11所示。

①数据来自安徽省人力资源和社会保障厅,http://hrss.ah.gov.cn/wtjd/ncshbx/8466421.html。

表4-11　2016—2020年安徽省城乡居民基本养老保险情况

项目	2016年	2017年	2018年	2019年	2020年
参保人数/万人	3432	3429	3488	3502	3490
年末领取养老金人数/万人	913	915	924	923	915
本年基金收入/万元	1406183	1502072	2155772	2248736	2539796
个人缴费/万元	339380	362631	589618	663929	770561
集体补助/万元	97	90	12	44	122
政府补贴/万元	991594	1044621	1454313	1430405	1542018
利息收入/万元	69702	79758	95645	145938	143974
其他收入/万元	3541	1982	5835	5427	4158
转移收入/万元	—	—	10350	2992	16486
本年基金支出/万元	932064	965420	1392836	1411048	1470826
养老金支出/万元	912285	936419	1364822	1381992	1431601
其他支出/万元	3547	1982	606	10	754
转移支出/万元	376	9850	3799	1455	12425
年末基金滚存结余/万元	2680238	3216890	3979825	4817513	5886482

数据来源:2017—2021年《安徽统计年鉴》。

如表4-11所示,2020年安徽省大部分指标都比较平稳,参保人数和领取待遇人数都略有下降,个人缴费稳步上升,集体补助增幅较大,政府补贴增幅达7.8%,年末基金滚存结余增长22.2%。整体而言,政府补贴依然是基金收入的主要来源。2020年,政府补贴资金约占本年度基金收入的60.7%。可见,城乡居民社会养老保险制度的运行,离不开财政的有力支持。

二、城乡居民社会养老保险制度的实施成效

(一)积极鼓励城乡居民参加社会养老保险制度

安徽省以习近平新时代中国特色社会主义思想为指导,全面贯彻党

的十九大和十九届二中、三中、四中、五中全会精神，紧紧围绕建设现代化美好安徽要求，坚持以人民为中心的发展思想，按照兜底线、织密网、建机制的要求，建立激励约束有效、筹资权责清晰、保障水平适度的城乡居民基本养老保险待遇确定和基础养老金正常调整机制，推动城乡居民基本养老保险待遇水平随经济发展逐步提高，确保参保居民共享经济社会发展成果，促进城乡居民基本养老保险制度健康发展，不断增强参保居民的获得感、幸福感、安全感。安徽省坚持和完善社会统筹与个人账户相结合的制度模式，坚持并强化多缴多得、长缴多得的参保激励机制，积极引导城乡居民参保续保缴费，确保养老金按时足额发放。

近年来，安徽省政府不断出台城乡养老保险制度相关政策，积极引导符合条件的城乡居民早参保、多缴费，增加个人账户资金积累，优化养老保险待遇结构，提高待遇水平。为了激励城乡居民选择较高档次标准缴费，对于缴费补贴激励的机制也不断进行动态调整。根据经济发展和政府财力状况，合理调整缴费补贴水平，对选择较高档次缴费的适当增加缴费补贴，将包括个人缴费，地方政府对参保人的缴费补贴和对缴费困难群体的代缴及补贴，集体补助及其他社会经济组织、公益慈善组织、个人对参保人的缴费资助等所有来源的缴费资金，全部记入个人账户。

（二）城乡居民养老境况显著改善

城乡居民社会养老保险制度的实施，就像在城镇和农村地区铺开了一张养老保障网，通过引导城乡居民参加养老保险，以城乡居民缴费积累、政府补贴和基础养老金发放的方式，为其提供了一道养老安全防护网，让城乡居民由“家庭养老”向“社会养老”转变迈出了实质性一步。在城乡居民社会养老保险制度实施之前，农村地区老年人的养老需求与家庭养老供给的矛盾日益突出，特别是一些偏远落后地区，随着青壮年劳动力进城务工，空巢老人、孤寡老人、病残老人的养老处境更加堪忧。在城镇，一些无业、伤残、病弱的老年居民，由于未能参加企业职工养老保险，没有养老金，有些仅靠领取城镇“低保金”生活，养老境况同样堪忧。多年来随着财政补贴不断增加，基础养老金水平逐年在提高，城乡居民养老境况已得到显著改善。

在提高基础养老金标准时，对65岁及以上参保城乡老年居民予以适当倾斜，加发高龄基础养老金。对累计缴费年限超过15年的参保人员，到龄核定待遇时，除按规定计发个人账户养老金、支付本地统一标准的基础养老金外，另行增发缴费年限基础养老金，每超过1年，增发标准最低为每人每月2元，市、县(市、区)可自行提高增发标准。同时建立基础养老金正常调整机制，在统筹考虑全省城乡居民收入增长、物价变动和职工基本养老保险等其他社会保障标准调整情况的基础上，会适时调整基础养老金标准。从目前来看，安徽养老金待遇水平基本适度，虽然与发达地区相比存在一定的差距，但与相同发展水平的地区相比，待遇水平并不低。

(三)信息化管理服务水平大幅度提高

安徽省注重运用现代管理方式和政府购买服务方式，降低行政成本，提高工作效率，加强城乡居民养老保险工作人员专业培训，不断提高公共服务水平。经办机构能够认真记录参保人缴费和领取待遇情况，建立参保档案，按规定妥善保存。辖区内各地区切实加强城乡居民养老保险经办能力建设，科学整合现有公共服务资源和社会保险经办管理资源，充实加强基层经办力量，实行精细管理、便捷服务。同时，建立健全全省统一的城乡居民养老保险信息管理系统，并纳入“金保工程”建设，与其他公民信息管理系统实现信息资源共享；将信息网络向基层延伸，实现省、市、县、乡镇(街道)、社区实时联网，大力推行全国统一的社会保障卡，方便参保人持卡缴费、领取待遇和查询本人参保信息。

为了使城乡居民社会养老保险制度顺利运行，安徽省在不断加大对参保人的财政补贴基础上，还注重组织管理建设、基础平台建设和经办管理机构建设，实现机构、人员、经费、办公场地设施的“四到位”，形成上下部门联动、城乡部门联动、平级部门合作的领导和工作机制，使得机构建设进一步加强，机构功能进一步完善。安徽省还不断对各地经办人员进行培训，提高其各种业务能力，同时建立目标考核责任制、领导干部联系点制度和督查巡视制度，提高经办人员的经办能力和服务意识。各地区大力推行网上经办业务或银行代扣代缴的全程代理服务，使广大城乡居民足不出村，就能办理手续，实现参保登记、个人缴费、权益查询、待遇领取的“四个不出村”。

第三节　安徽企业年金发展状况

一、全国企业年金基本情况

企业年金，又称企业退休金或雇主年金，是指在政府强制实施的公共养老金或国家养老金制度之外，在国家政策的指导下，企业根据自身经济实力和经济状况自愿为本企业职工建立的一种补充性养老金制度，以提供一定程度的退休收入保障。我国自2004年开始建立企业年金制度，为推动企业年金的发展，不断出台财税支持政策及管理规范要求，比如：2008年1月1日起，准予在企业所得税税前扣除企业为其员工支付的职工工资总额的5%标准内的企业年金费用；2014年1月1日起，对参加企业年金的职工，实施企业年金个人所得税递延纳税优惠政策；2018年1月，人力资源和社会保障部、财政部正式印发《企业年金办法》，进一步规范企业年金管理的运作流程以及机构等。

从发展情况来看，近年来建立企业年金的企业户数和职工户数增长情况均有好转。截至2020年末，全国已有105227家企业建立了企业年金，参加职工人数达27177.53万人，年末企业年金基金累计结存22496.83亿元。与2019年相比，三项指标均有较大幅度的增加，详见表4-12。

表4-12　2016—2020年全国企业年金发展情况

年份	企业账户		职工账户		基金资产	
	总户数/个	增长率/%	总户数/万个	增长率/%	总金额/亿元	增长率/%
2016	76298	1.1	2324.75	0.4	11074.62	16.3
2017	80429	5.4	2331.39	0.3	12879.67	16.3
2018	87368	8.6	2388.17	2.4	14770.38	14.7
2019	95963	9.8	2547.94	6.7	17985.33	21.8
2020	105227	9.7	2717.53	6.7	22496.83	25.1

数据来源：社会保险基金监管局，http://www.mohrss.gov.cn/shbxjjjds/。

人力资源和社会保障部公布的数据显示，2015年企业年金的参保职工数出现断崖式下滑，2016—2017年增长甚微，创十年来的最低增速点。企业年金的发展速度在经历了放缓甚至几乎陷入停滞以后，2018年企业年金参加职工人数增长情况有所好转，2019—2020年连续两年延续了良好的发展势头。

二、安徽省企业年金情况

近两年安徽省建立企业年金的企业户数增长势头良好，大大高于前几年，扭转了2015年负增长的衰退态势，如表4-13所示。从建立企业年金的企业账户数来看，在全国范围内安徽省位列前三分之一梯队，属于千户以上企业建立企业年金账户的地区之一。2019年，安徽省企业年金资产增速较大，是上年增幅的2倍多，所建立的企业年金企业账户数增长率也远高于全国平均水平。2020年，安徽省建立企业年金的企业账户数继续扩大。可见，与其他大部分省份相比，安徽省企业年金发展状况总体良好。

表4-13　2016—2020年安徽省企业年金基本情况

年份	企业账户		职工账户		基金资产	
	总户数/个	增长率/%	总户数/个	增长率/%	总资产/万元	增长率/%
2016	1078	7.58	492352	3.95	2412704.58	5.80
2017	1118	3.71	493646	0.26	2616980.19	8.47
2018	1455	30.14	536692	8.72	2833515.24	8.27
2019	1728	18.76	571120	6.41	3365014.46	18.76
2020	2026	17.25	590122	3.33	4128837.36	22.70

数据来源：社会保险基金监管局，http://www.mohrss.gov.cn/shbxjjjds/。

多年来，安徽省在习近平新时代中国特色社会主义思想的指导下，坚持以人民为中心的发展思想，加快构建新发展格局，积极推动发展适合国情省情的多层次、多支柱养老保险体系建设，努力推进与基本养老保险相衔接的企业（职业）年金建设，最大限度地实现企业年金的养老保险补充功能。通过健全养老保险体系，促进养老保险制度可持续发展，满足人民群众日益增长的多样化养老保险需要。

第四节　安徽养老保险发展中的问题思考

一、企业年金发展缓慢不利于构建多支柱养老保障体系

（一）企业年金总体覆盖率不高

当前企业年金发展的主要问题是覆盖面过窄、参与率过低。从理论上说，企业年金应是我国多层次养老保险制度体系的一大支柱，是职工基本养老保险的有益补充。目前，作为“第一支柱”的基本养老保险制度基本已全覆盖，而作为“第二支柱”的企业年金制度则表现出扩面乏力。虽然近两年安徽省建立企业年金的企业及职工账户数均有增长，但在城镇

企业职工中的占比仍徘徊在6%左右，而且短期内企业年金的总体覆盖率很难有大的突破，因而在整个养老保障体系中发挥的作用不明显，难以成为养老保险体系的有力支柱。从全国来看，我国自2004年开始实施企业年金制度，至今已过去十多年，其覆盖率仍然较低，发展缓慢。与基本养老保险相比，企业年金参与率过低，必然使其在整个养老保障架构中无足轻重，而且企业年金在行业和地区之间分布严重不均衡。约四分之三的企业年金缴费额来自国有企业，以中小企业为主的民营企业占比很小，多年来参与的企业户数、职工人数及基金规模均没有发生根本性变化。从行业分布来看，参加企业年金的行业多集中在能源、电力、金融等垄断型、资源型或营利性较好的领域，这些都使企业年金对提升广大退休人员养老保障水平作用十分有限，难以发挥普遍意义上的第二保障支柱价值。

（二）要加强相关政策的支持和引导

党的十九届五中全会审议通过的《中共中央关于制定国民经济和社会发展第十四个五年规划和二〇三五年远景目标的建议》，提出要加速构建多支柱养老险体系。在“十四五”开局之年，中央重提发展第三支柱养老保险，并着重强调规范发展，具有重要意义。企业年金的发展，多年来裹足不前，主要原因还是与企业用工成本压力总体较大、相关政策支持和引导不够以及用人单位与职工对政策了解不足等有关。为了更好地满足人民群众对美好生活的新期待，在完善“第一支柱”的基础的同时，下一步应稳扎稳打地推进作为“第二支柱”的企业年金制度的发展，特别是积极探索实施企业人才集合年金计划，鼓励企业先行为各类急需紧缺人才建立年金。坚持强化基本保障和发展补充保障并举，充分用好各方面有利条件，并积极创造新的条件，积极贯彻落实《企业年金办法》，进一步激发企业及其职工建立和参加企业年金的积极性，鼓励引导更多的用人单位建立企业年金。

此外，还应加强税收政策的鼓励。企业年金参与率极低是企业年金发展的最大威胁，要使企业年金在人口老龄化过程中真正发挥补充养老作用，减轻政府养老压力，必须采取有力措施提高企业年金参与率。为此应将企业年金个税优惠政策由目前实行的EET模式调整为TEE+EEE模式，即按一定的工资收入标准将劳动者划分为高收入和一般收入两个群体，对企业年金的高收入参与者实行TEE税优模式，而对一般收入的参与者则适用EEE模式，同时取消优惠幅度范围限制。通过这种差别化政策，激励广大一般收入人群的参与，推动我国企业年金发展，同时有效解决一直以来因企业年金覆盖面狭窄所产生的税收优惠不公平问题，而且对高收入参与者实行TEE税优模式也有利于增加当期财政收入。

二、就业优先政策下养老保险单位费率水平适度性问题

（一）养老保险制度要与就业政策相协调

就业是我国经济社会发展中的重要问题，近年来我国在稳定现有就业的基础上，每年都需要新增大量就业岗位。在国民经济和社会发展第十四个五年规划和二〇三五年远景目标的建议中，均明确指出继续坚持并强化就业优先政策，坚持经济发展就业导向，千方百计稳定和扩大就业，就业优先政策将成为我国的一项长期战略。就业问题与企业息息相关，企业是吸纳就业的最大主体，只有大力发展企业才能稳定和扩大就业。结合我国现实情况看，企业发展面临的问题之一就是社会保险缴费负担过重。2016年8月，国家发改委社会发展研究所发布的研究报告中指出，我国企业五项社会保险总费率位于列入统计的173个国家和地区的第13位，由此可见我国社会保险费率较高。国内最大的社保第三方专业机构“51社保”发布的《中国企业社保白皮书》指出，企业社会保险缴费负担重致使人工成本过高，长期以来一直稳居企业社会保险难题之首，严重降低了企业吸纳就业的能力，对就业机会产生了明显的挤出效应。因此，养老保险单位费率设置不仅要考虑基金征收与支出的平衡关系，还应权

衡稳定就业目标下企业的实际承受能力。

(二)养老保险单位费率水平应与小微企业缴费能力相匹配

小微企业为社会提供了大量的就业机会,尤其是为低人力资本劳动力群体提供了重要的收入保障。国家统计数据表明,2017年我国小微企业法人约有2800万户,个体工商户约有6200万户,中小微企业(含个体工商户)占全部市场主体的比重超过90%,贡献了全国80%以上的就业。恒大研究院发布的《中国民营经济报告:2019》显示,80%以上的城镇就业和90%以上的企业就业是由民营企业创造的,而且小型企业占企业市场主体的95%以上,加上微型企业要占到99%的比重,在小型企业中又有95%以上为民营企业。若将个体工商户也视作微型企业纳入统计,则小微企业在就业中的地位更为显著。劳动密集型企业与小微型民营企业高度重合,它们的基本特点是数量多、就业贡献大,但社会保险缴费承受能力相对较弱。鉴于企业之间的缴费能力差异,养老保险单位费率的设置原则应就低不就高。当前经济发展的内外部条件已很难允许保就业与企业高费率并存,只有依据企业承受能力从低设置养老保险单位费率,才能与全面强化就业优先的经济社会发展趋势相适应。

(三)养老保险单位费率水平应与主要发达国家基本持平

社会保险税(费)是企业的刚性人工成本,在经济全球化背景下,企业承担的税(费)率过高,无疑不利于本国企业在国际市场上的竞争。从国际来看,部分国家养老保险单位(雇主)承担的费率如表4-14所示,可以看出,与美国、日本、加拿大、德国、法国、瑞典等主要发达国家相比,我国现行养老保险单位税(费)率仍显著偏高。经济较为发达的经济合作与发展组织(OECD),其大多数国家的养老保险单位税(费)率都低于10%,已经进入深度老龄化的美国和超级老龄化的德国,其养老保险单位税(费)

率也仅为6.2%和9.35%。在当今经济全球化趋势下，各国为了加强本国企业的国际竞争力，赋予雇主的养老保险税（费）率，在整个社保基金中的比重总体上呈下降趋势[①]。如果我国养老保险单位税（费）率能下调至10%左右，基本接近美国、德国、日本、法国等主要发达经济体，将不仅有利于我国企业参与全球竞争，也有利于打造吸引外资入驻的国内营商环境，对于畅通经济发展的"双循环"体系必将产生积极效应。

表4-14　养老保险单位税（费）率水平国际比较

国家	单位税（费）率/%	国家	单位税（费）率/%
意大利	23.81	土耳其	11
西班牙	23.6	爱尔兰	10.75
拉脱维亚	23.59	法国	10.4
捷克	21.5	波兰	9.76
匈牙利	20.75	德国	9.35
芬兰	18	日本	8.91
中国	16	比利时	8.86
斯洛伐克	14	斯洛文尼亚	8.85
葡萄牙	13.8	卢森堡	8
英国	13.8	美国	6.2
希腊	13.33	加拿大	4.95
奥地利	12.55	韩国	4.5
瑞典	11.38		

数据来源：郑秉文.大幅"双降"：社保制度改革进程中的一个转折点——从长期制度安排和长期经济增长的角度[J].华中科技大学学报（社会科学版），2019，33（3）：1-10.

①庞凤喜.社会保障税研究[M].北京：中国税务出版社，2008：111.

（四）养老保险单位费率水平调整到10%左右比较适度

企业承担养老保险缴费的能力，因行业、规模、所有制性质以及劳动密集度等属性特征的不同而存在显著的差异，且吸纳就业与缴费的能力格局呈现出相反的规律性分布。通常情况下，企业规模越大则资本密集度越高，吸纳就业的能力越低。相较之下，广大劳动密集型小微企业的就业贡献更为突出，因而支持这类企业才是稳定和扩大就业的一个关键抓手。但由于劳动密集型小微企业通常人工成本占比高、利润水平低下且经营稳定性差，所以对养老保险缴费的承受能力也最为脆弱，通常它们对社会保险降费减负的要求也最为迫切。从长远来看，我国应该继续降低养老保险单位费率，将其设为10%左右比较适宜。这样的调整必将对就业等经济社会政策产生良好的制度协同效应，不仅有助于持续激发市场活力扩大就业，也有利于完善养老保险制度，对于维护社会公平，推进城镇化进程以及提高居民可支配收入促进消费，进而加速构建经济发展新格局等都具有重要意义。

第五章　安徽社会救助发展报告

第一节　社会救助总体情况

现代国家的社会分配体系有三个部分，其中，第一次分配是指用自愿来满足私益的自由市场经济，第二次分配是指用强制来满足公益的税收与公共服务、社会保障，第三次分配是指用自愿来满足公益的公益慈善事业。如果说自由市场经济在现代法治、契约的基础上遵循“效率最大化”原则，那么，税收、公共服务和社会保障则在现代民主、宪政的基础上遵循“公平最大化”原则——通过各种公共财政政策的组合，第二次分配可以有效降低第一次分配产生的基尼系数，缩小市场经济条件下的贫富分化现象，达到取富益贫的社会福利效应。因此，自由市场经济往往形象地被称为促进公平竞争与自由流动的“梯子”，而税收和社会福利制度则被称为维护社会安宁与政权稳定的“安全网”。相反，在传统时代，因为缺少现代法治安排、契约精神的保障，作为第一次分配的市场经济往往和权力有千丝万缕的关系，在“权力捉弄权利”的环境下，侵犯产权、干扰交易、破坏竞争的现象层出不穷。同时，因为缺少现代民主制度、宪政体系的保障，作为第二次分配的税收和社会福利也常常遭到扭曲，那时的“税收”既不尊重纳税人的权利——并非“无代表则不纳税”，而是“皇粮国税、苛捐杂税”，也无法和纳税人的福利相对称——并非“税收是公共服务的对价”，而是“君主和国家的口袋”。那时的“公共”支出，表现在“福利”“待遇”方面，往往是按照权力等级进行分配的专利品，普通社会成员无权享受，因此本质上是一种特权，并无公共性可言；表现在“济贫”“救助”方面，虽然是面向弱势群体，但往往带有“劣等资格”“强迫劳役”“属地管辖”等歧视色彩和管制特征，因此本质上是强者对弱者的恩惠，而非公民不可剥夺的权利、政府不可推卸的责任。

在现代社会保障的制度结构中，社会救助是“最后一道防线”，它关乎一个社会最底线的公平正义，属于再分配力度（即取富益贫的程度）最强的公共支出安排。具体到我国，社会救助工作由政府的民政部门管理实施，除社会救助工作之外，民政部门还负责基层政权建设和社区治理、社会组织管理、慈善事业和社会工作、养老服务、儿童福利等公共事务。就社会救助而言，大致包括城乡居民最低生活保障、特困人员救助供养、临时救助、生活无着的流浪乞讨人员救助等项目。

就安徽省而言，2021年民政领域涉及社会救助的基本情况如下：

安徽省统筹社会救助体系建设，致力于解决困难群众基本生活、衣食冷暖等“急难愁盼”问题，在民政部、财政部组织的困难群众救助绩效评价中，连续7年获得优秀等次。

建立健全以基本生活救助、专项社会救助、急难社会救助为主体，社会力量参与为补充的分层分类救助体系。修订完善低保、临时救助操作规程和特困人员认定办法等制度规定，制定《安徽省低收入人口认定及救助暂行办法》等相关的配套措施。加快推进社会救助领域“放管服”改革，鼓励有条件的地方积极推进低保、特困等社会救助审批权下放乡镇（街道）。目前，安徽省共有95个县（市、区）、1210个乡镇（街道）实现审批确认权下放。鼓励社会力量参与社会救助，推进政府购买社会救助服务，完善购买特困人员住院护理险等社会救助事务性、服务性工作，让社会救助更加有温度、有效度，满足困难群众多层次多元化需求。

不断巩固拓展脱贫攻坚成果同乡村振兴有效衔接。保持过渡期内社会救助兜底政策稳定，对丧失劳动能力且无法通过产业就业获得稳定收入的已脱贫人口，符合条件的及时纳入低保、特困人员救助供养范围，并按困难类型给予专项救助、临时救助等，做到应保尽保、应兜尽兜。实施“低保渐退”政策，对家庭人均收入超过当地低保标准的，给予一定期限的救助渐退期，确保脱贫稳定。开展巩固社会救助兜底脱贫成果“回头看”，坚决避免因“脱保”“漏保”等造成返贫。提高社会救助保障标准，要求各市2021年低保标准比2020年增长4.5%左右，同步提高特困人员供养标准。2021年，安徽省城乡低保平均标准达到677元/月，比2020年增长5.8%。

完善低收入人口动态监测和帮扶机制。广泛动员基层干部、村级组织、社会救助协理员、社会工作者等走进村（社区），将低收入人口纳入监测范围。建设社会救助大数据信息系统和低收入人口动态监测信息平台，建立低收入人口数据库，实现与江淮大数据平台对接，精准救助。安徽省各级民政部门结合办实事实践活动，累计走访慰问低保、特困人员等特殊困难群众54.18万人次，支出资金2556.29万元，走访后解决政策问题1574个，解决个案问题2472个。

构建社会救助便民惠民政策长效机制。安徽省民政厅专门会同省财政厅制定了《安徽省社会救助工作便民惠民优化服务行动方案》，围绕建立健全分层分类救助体系、做好社会救助兜底保障工作、创新发展急难社会救助、建立低收入人口动态监测预警机制、完善主动发现快速响应机制、加快社会救助“放管服”改革、积极开展服务类社会救助、统筹发展城乡社会救助制度、提升特困供养人员照料服务能力、加强基层社会救助经办能力、加大社会救助政策宣传力度等方面，全面推进社会救助工作。

根据全国民政分省统计的月报数据，把中部地区六省份在2021年（可见1、2、4、5、7、8、10、11月份等8个月份的数据加总）的社会救助支出进行比较，如表5-1和图5-1所示。

表5-1　2021年中部地区六省份社会救助支出

单位：万元

月份	山西省	安徽省	江西省	河南省	湖北省	湖南省
1月	59490.5	124433.2	83121.4	95885.5	98014.7	84267.8
2月	114258.0	243104.9	159307.5	182854.6	230776.3	167814.1
4月	243416.6	489428.8	330964.9	406895.5	417350.4	366482.9
5月	298436.0	603694.2	406525.6	493415.4	498877.1	446065.2
7月	434136.0	851832.0	584529.1	704037.2	676140.3	637659.1
8月	487194.6	976976.5	668881.8	793949.9	756588.1	717637.5
10月	610000.7	1230000.2	830000.1	1010000.7	920000.9	900000.6
11月	660000.9	1360000.0	910000.2	1110000.1	1010000.0	980000.6
总计	2906933.3	5879469.8	3973330.6	4797038.9	4607747.8	4299927.8

数据来源：中华人民共和国民政部，https://www.mca.gov.cn/article/sj/tjyb/sjsj/。

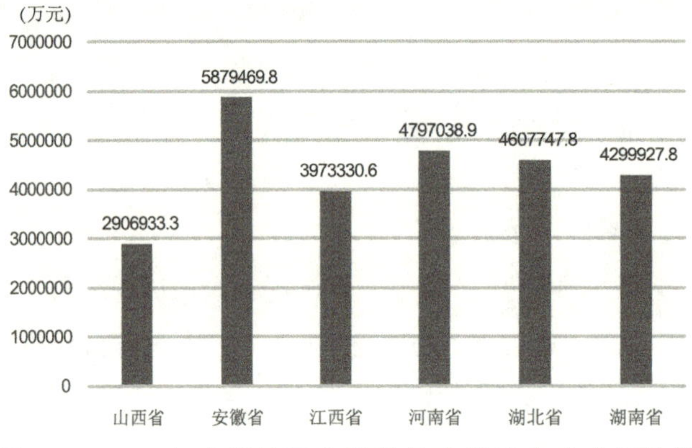

图5-1　2021年中部地区六省份社会救助支出金额比较

第二节　最低生活保障制度

如果把社会救助看作社会保障制度的“最后防线”，那么，最低生活保障就是社会救助制度的“最后防线”。作为保障困难群众基本生活需求的一项基础性民生政策，最低生活保障制度是国家对家庭人均收入低于当地政府公告的最低生活标准的人口给予一定现金资助，以保证该家庭成员基本生活所需的救助制度。

一、相关制度规范

在制度规范方面，2021年4月15日，安徽省民政厅、财政厅联合下发了《困难人员救助暨困难职工帮扶实施方案——农村居民最低生活保障实施方案》，在以下几个方面作出部署。

第一，明确保障范围。符合下列条件的家庭，由当地政府给予农村最低生活保障：①共同生活家庭成员人均月收入低于当地农村最低生活保障标准。②财产状况符合当地农村最低生活保障家庭财产状况规定。③低收入家庭中的重度残疾人、重病患者、无法依靠产业就业帮扶获得稳定收入的完全丧失劳动能力和部分丧失劳动能力人员，经本人申请，参照“单人户”纳入低保。低收入家庭一般是指家庭人均收入高于当地农村低保标准，但低于农村低保标准1.5倍，且财产状况符合当地相关规定的低保边缘家庭（各地已制定低收入家庭认定标准的，按当地规定标准执行）；重度残疾人是指持有中华人民共和国残疾人证的一级、二级重度残疾人和三级智力、精神残疾人。④生活困难、单独立户（靠家庭供养无法单独立户，可按照单人户）的成年无业重度残疾人申请低保的，因病支出型贫困家庭申请低保的，其获得低保的具体认定办法，由市级民政部门会同财政部门结合当地实际自行制定。

第二，确定保障标准。农村最低生活保障标准，按照上年度农村居民人均消费支出的35%～45%确定。对获得农村最低生活保障家庭中的A类、B类人员，分别按不低于其本人低保补助水平的30%、20%增发低保金。同时符合两项以上条件的对象按照就高原则核定低保金，不重复获得。

第三，严格申请认定程序。生活困难的家庭可以向户籍地乡镇人民政府、街道办事处申请农村最低生活保障。农村最低生活保障申请，由家庭成员中的成年人以书面形式提出。家庭成员申请有困难的，可以由所在的村民委员会、居民委员会代为申请。申请人应当如实填写家庭成员状况、收入状况、财产状况登记表,并提交相关证明材料。具体申请、确认程序按照《安徽省最低生活保障工作操作规程》(皖民社救字〔2019〕56号)和省委办公厅、省政府办公厅《关于改革完善社会救助制度的实施意见》(皖办发〔2020〕25号)规定执行。

第四,加强动态管理。县级人民政府民政部门、乡镇人民政府、街道办事处,应当按照国家和省有关农村最低生活保障家庭分类管理服务的要求,定期核查农村最低生活保障家庭成员状况、收入状况、财产状况。村民委员会、居民委员会发现农村最低生活保障家庭的成员状况、收入状况或者财产状况发生变化的,应当及时向乡镇人民政府、街道办事处报告。农村最低生活保障家庭成员状况、收入状况或者财产状况发生变化的,县级人民政府民政部门应当根据变化情况,作出增发、减发或者停发农村最低生活保障金的决定。

第五,规范各部门的责任。其一,明确职责分工。各级民政、财政部门要各负其责,加强沟通协调,定期会商交流情况,研究解决存在的问题。民政部门牵头统筹负责农村最低生活保障工作。财政部门做好相关资金保障工作,按规定将农村最低生活保障资金、农村最低生活保障工作经费统筹纳入财政预算。其二,加强资金统筹。各级财政部门要结合实际情况,推进社会救助资金统筹使用,盘活财政存量资金,优化财政支出结构,提升资金使用效益。各级财政、民政部门要加强资金使用管理情况检查,确保资金使用安全、管理规范。其三,强化考核监督。建立健全农村低保绩效评价考核体系,加大对农村低保制度的督促检查力度,加强社会监督,增强约束力和工作透明度。健全责任追究机制,严肃查处挤占、挪用、虚报、冒领农村低保资金等违规违纪违法行为。

二、基本情况

安徽省2021年城乡最低生活保障制度的分月情况见表5-2。

表5-2　2021年安徽省城乡最低生活保障分月统计

月份	城乡低保人数/万人		低保标准/元		补助水平/元		资金支出/万元	
	城市	农村	城市	农村*	城市	农村	城市	农村
1月	34.1356	183.3468	639.78	7670	616	409.99	21024	74794.89612
2月	34.0283	183.1065	639.78	7670	530	410.59	36113	150434.6771
3月	33.8160	182.6293	639.78	7670	523	410.58	53327	224810.757
4月	33.5813	182.3438	639.78	7670	521	409.05	70485	74381.9
5月	33.3524	181.6918	639.78	7670	520	408.89	87472	373364.5054
6月	33.1587	181.2703	639.78	7670	519	408.9	104424	447498.4591
7月	32.8808	180.3943	665.09	7958	520	411.3	121700	523852.6377
8月	32.4468	179.6270	668.77	8026	522	415.54	139475	603903.9676
9月	32.1682	177.3603	672.13	8066	526	417.55	157158	681280.5624
10月	31.9708	177.1656	672.13	8066	529	420.87	174986	761267.929
11月	31.8397	177.1001	672.13	8066	530	424.39	192439	840408.0438
12月	31.6695	176.9270	677.08	8125	532	425.41	209960	920085.9713
汇总	32.920675（平均）	180.2469（平均）	655.5008333（平均）	7860.583333（平均）	532.3333333（平均）	414.4216667（平均）	1368563（加总）	5676084.307（加总）

注：*农村低保标准是按年统计的。

数据来源：安徽省民政厅，http://mz.ah.gov.cn/public/column/21761?type=4&action=list&nav=3&catId=25090291。

三、城乡比较

如果把2021年安徽省城乡低保人数、补助水平进行比较，如图5-2所示。

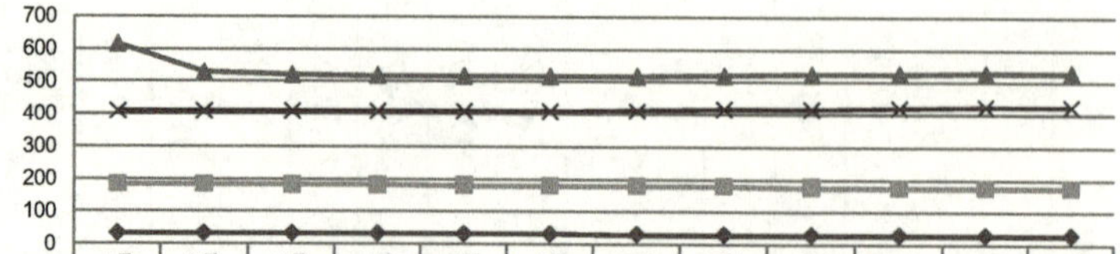

	1月	2月	3月	4月	5月	6月	7月	8月	9月	10月	11月	12月
城市低保人数/万人	34.1356	34.0283	33.816	33.5813	33.3524	33.1587	32.8808	32.4468	32.1682	31.9708	31.8397	31.6695
农村低保人数/万人	183.3468	183.1065	182.6293	182.3438	181.6918	181.2703	180.3943	179.627	177.3603	177.1656	177.1001	176.927
城市补助水平/元	616	530	523	521	520	519	520	522	526	529	530	532
农村补助水平/元	409.99	410.59	410.58	409.05	408.89	408.9	411.3	415.54	417.55	420.87	424.39	425.41

图5-2　2021年安徽省城乡最低生活保障比较

四、省内比较

如果把2021年安徽省内每个地区全年的城乡低保情况进行平均，然后分地区比较，可以得出图5-3。

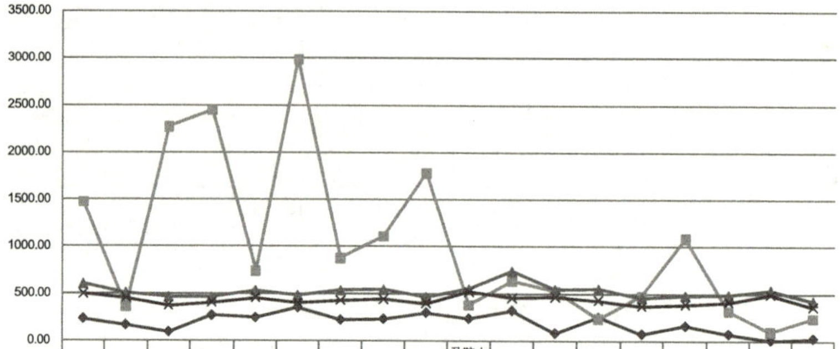

	合肥市	淮北市	亳州市	宿州市	蚌埠市	阜阳市	淮南市	滁州市	六安市	马鞍山市	芜湖市	宣城市	铜陵市	池州市	安庆市	黄山市	广德县	宿松县
城市低保人数/百人	227.85	161.90	89.21	262.43	239.57	346.42	217.18	227.81	293.78	233.36	317.68	82.26	246.76	73.65	158.86	74.45	10.10	28.81
农村低保人数/百人	1473.89	355.48	2266.95	2443.82	736.97	2987.15	876.47	1105.19	1779.05	382.10	637.04	526.41	236.46	476.67	1085.60	315.64	98.12	241.70
城市月补助水平/元	600	505	461	458	528	479	531	542	462	547	737	545	550	455	479	485	539	422
农村月补助水平/元	494	449	369	401	451	398	423	436	395	519	452	460	425	366	386	408	487	359

图5-3　2021年安徽省各地市城乡最低生活保障比较

五、历年比较

如果把2015—2021年安徽省城乡低保情况进行比较,可以得出图5-4。

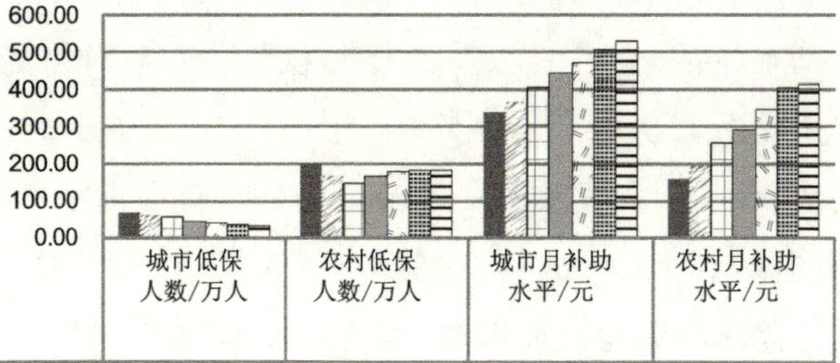

	城市低保人数/万人	农村低保人数/万人	城市月补助水平/元	农村月补助水平/元
2015年(1—11月)	68.65	200.08	339.54	157.62
2016年(1—11月)	58.54	167.06	369.00	192.00
2017年(1—11月)	53.93	147.31	406.67	257.41
2018年(1—12月)	44.65	165.22	446.79	292.87
2019年(4—12月)	38.43	178.40	474.56	348.71
2020年(1—12月)	35.62	181.08	509.92	404.73
2021年(1—12月)	32.92	180.25	532.33	414.42

图5-4　2015—2021年安徽省城乡最低生活保障比较

六、中部六省份比较

根据全国民政分省统计的季报数据,把中部地区六省份在2021年的城乡低保标准进行比较,如图5-5所示。

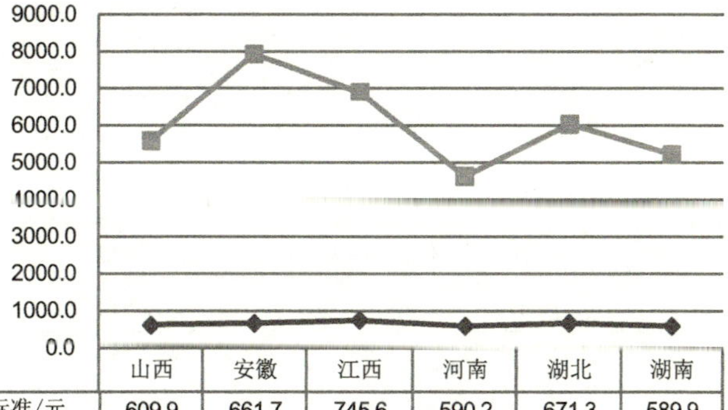

	山西	安徽	江西	河南	湖北	湖南
城市人均月低保标准/元	609.9	661.7	745.6	590.2	671.3	589.9
农村人均年低保标准/元	5588.625	7914.275	6896.325	4621.975	6038.4	5229.75

图5-5　2021年中部地区六省份城乡低保标准比较

第三节 临时救助制度

临时救助是国家对遭遇突发事件、意外伤害、重大疾病或者其他特殊原因导致基本生活陷入困境，其他社会救助制度暂时无法覆盖或者救助之后基本生活暂时仍有严重困难的家庭或者个人给予的应急性、过渡性的救助。县（市、区）人民政府民政部门为临时救助审批责任主体，乡镇人民政府（街道办事处）为临时救助受理、审核责任主体，村（居）民委员会协助做好临时救助对象的发现报告、申请审核等工作。

一、省内比较

根据安徽省民政厅的公开数据，2021年1至5月份安徽省各地市的临时救助情况见表5-3、图5-6。

表5-3 2021年1至5月份安徽省各地区临时救助基本情况

序号	地区	救助人次	支出资金/元	人均救助水平/元
1	合肥市	3988	13677792.15	3429.74
2	淮北市	559	1748531.00	3127.96
3	亳州市	2480	9319209.35	3757.75
4	宿州市	1847	7368350.00	3989.36
5	蚌埠市	1307	3003731.20	2298.19
6	阜阳市	2080	4691769.00	2255.66
7	淮南市	1895	3892375.00	2054.02
8	滁州市	5914	8107801.43	1370.95
9	六安市	4981	9920434.00	1991.66
10	马鞍山市	1767	2525256.00	1429.12
11	芜湖市	4037	8682471.53	2150.72
12	宣城市	991	2251386.00	2271.83
13	铜陵市	4360	4517696.36	1036.17
14	池州市	1587	3008044.00	1895.43

续 表

序号	地区	救助人次	支出资金/元	人均救助水平/元
15	安庆市	4887	10851607.79	2220.50
16	黄山市	1760	3616316.00	2054.73
17	宿松县	673	1427262.00	2120.75
18	广德县	419	437040.00	1043.05
总计		45532	99047072.81	2175.33(平均)

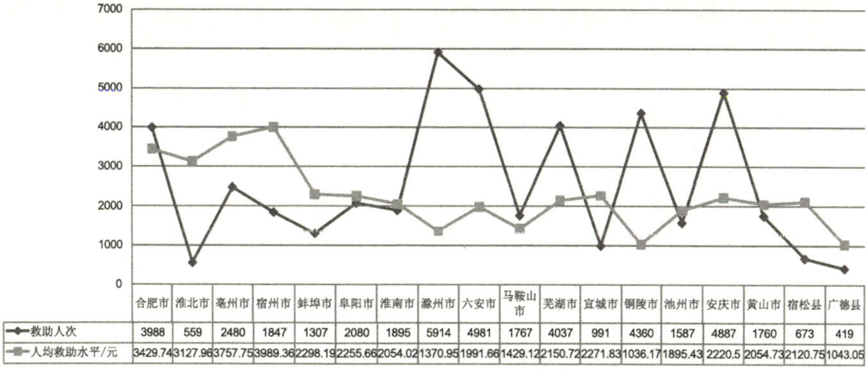

图5-6　2021年1至5月份安徽省各地区临时救助人次与救助水平比较

二、历年比较

根据全国民政分省统计的季报数据，安徽省2017—2021年临时救助人次的基本情况如表5-4、图5-7所示。

表5-4　2017—2021年安徽省各季度临时救助人次

年份	1季度	2季度	3季度	4季度	合计
2017	36667	64413	90199	125265	316544
2018	37819	61836	83412	115945	299012
2019	37916	56956	74716	103223	272811
2020	29997	49073	70500	111178	260748
2021	35000	52000	71000	102000	260000

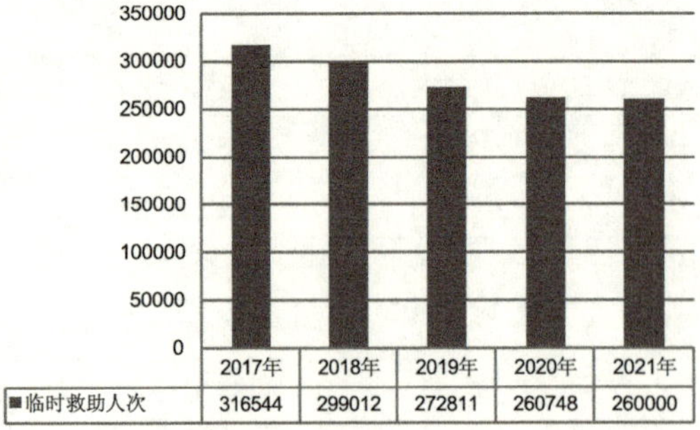

图 5-7　2017—2021 年安徽省临时救助人次比较

三、中部六省份比较

根据全国民政分省统计的季报数据，把中部地区六省份在 2021 年的临时救助人次进行比较，如图 5-8 所示。

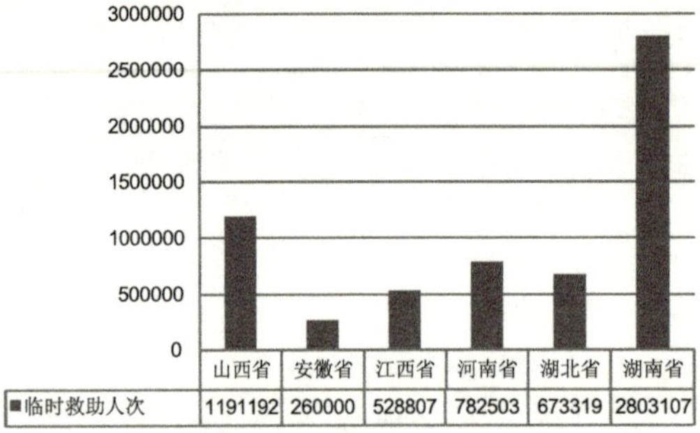

图 5-8　2021 年中部地区六省份临时救助人次比较

第四节　特困人员救助供养制度

一、制度规范

特困人员救助供养制度源自过去的农村“五保”和城市“三无”人员救助制度。2014 年，国务院颁布实施《社会救助暂行办法》，将上述两项政策统一为特困人员供养制度。2016 年，国务院出台《关于进一步健全特困人员救助供养制度的意见》，对《社会救助暂行办法》中相关政策进行了具体细化和规范。2016年底，安徽省出台《安徽省人民政府关于进一步健全特困人员救助供养制度的实施意见》，随后，又根据民政部《特困人员认定办法》出台安徽省的具体认定办法，进一步完善了安徽省的特困人员救助供养制度。

2021年4月15日，安徽省民政厅、财政厅联合发布了《困难人员救助暨困难职工帮扶实施方案——特困人员救助供养实施方案》，对保障对象、保障标准、实施范围、实施内容、实施程序、动态管理、补助标准、资金筹措及管理、保障措施等进行了具体的规定。

特困人员救助供养对象的认定条件是：凡具有安徽省户籍的城乡老年人、残疾人以及未成年人，同时具备无劳动能力，无生活来源，无法定赡养、抚养、扶养义务人或其法定义务人无履行义务能力三个条件的，应纳入特困人员救助供养范围，并将特困人员救助供养覆盖的未成年人年龄从16周岁延长至18周岁。特困人员救助供养分为分散供养和集中供养两种形式。集中供养即入住当地敬老院，由敬老院统一安排食宿，统一提供生活照料。选择集中供养，则相应的供养经费交由敬老院统一使用，不再发给供养对象本人。分散供养就是自行在家生活或投亲靠友，相应的供养经费发给其个人。原则上，特困人员选择何种供养方式应依据其本人意愿。但对完全或部分丧失生活自理能力的特困人员，优先为其提供集中供养服务。

特困人员救助供养的保障标准分为基本生活标准和照料护理标准两类。就基本生活标准而言，按照不低于上年度当地城乡人均消费性支出的60%确定，原则上不低于当地最低生活保障标准的1.3倍，就高不就低。基本生活标准包括各级财政补助资金、救助供养对象领取的基础养老金、养老服务补贴、高龄津贴、承包土地收益、房屋租金等个人财产性收入等。市级人民政府于年初公布本地区年度特困人员基本生活标准，确定财政补助标准。就照料护理标准而言，按照不低于基本生活标准的10%确定，具体标准由设区的市级人民政府民政部门会同财政部门，根据特困人员不能自理程度等因素分类分档确定，体现差异性。到2021年底，各地失能、半失能特困人员集中供养率达到55%。

在实施内容方面，根据供养服务质量、内部管理水平、基础设施条件和组织保障力度，将特困人员供养服务机构由低至高划分为一星、二星、三星三个等级；依据等级评定结果，将特困人员供养服务机构按星级高低划分为一类、二类、三类，按类别实施综合定额补助管理。在补助标准方面，一类特困人员供养服务机构综合定额补助标准人均每年不低于4800元，二类特困人员供养服务机构综合定额补助标准人均每年不低于6000元，三类特困人员供养服务机构综合定额补助标准人均每年不低于7200元。各市、县（市、区）根据本地实际，在不低于上述指导标准的基础上，制定本地区分类分档综合定额补助标准。未达到等级评定标准特困人员供养服务机构的综合定额补助标准，由县级财政部门、民政部门按照保基本的原则确定。在监督考核方面，建立健全绩效考评机制，加强对特困人员供养服务机构运行维护的考核，切实保障特困对象基本生活权益。自觉接受各级人大、政协、纪检、监察、审计、新闻媒体和群众监督，对挤占、挪用、套取资金等违规违纪违法行为，按规定严肃处理。

2021年6月28日，安徽省民政厅、财政厅、卫健委、发改委、住建厅、残联等部门联合发布了《关于推进特困供养人员照料服务的指导意见》，在构建特困供养人员照料服务网络、提升特困供养人员照料服务能力、完善特困供养人员照料服务体系、提升特困供养人员照料服务质量、加强特困人员照料服务监督管理等方面作出具体规定。

二、基本情况

2021年安徽省特困人员救助供养的分月情况，见表5-5所示。

表5-5 2021年安徽省特困人员救助供养分月情况

月份	供养人数/人			人均月供养标准/元（分散、集中）	累计发放农村五保补助资金/万元
	总数	分散	集中		
1月	343953	290530	53423	851	25176.2
2月	343303	290140	53163	851.3	47806.2
3月	341517	288778	52737	851.4	72506
4月	340607	288010	52597	850.2	96467.2
5月	340031	287673	52358	851.4	119937
6月	339282	287044	52238	851.8	144453.1
7月	338516	286435	52081	875	169980.1
8月	337849	285755	52091	876.9	195482.8
9月	337134	285178	51956	882.6	220643.7
10月	339608	287753	51854	893.7	249136.7
11月	335688	284566	51122	895.1	271041
12月	334413	283604	50809	904.2	297141.2
汇总	339325.0833（平均）	287122.1667（平均）	52202.41667（平均）	869.55（平均）	1909771.2（加总）

数据来源：安徽省民政厅，http://mz.ah.gov.cn/public/column/21761?type=4&action=list&nav=3&catId=25090311。

三、省内比较

如果把安徽省内每个地区2021年按月份统计的特困人员救助供养情况进行平均，然后分地区比较，可以得出图5-9、图5-10。

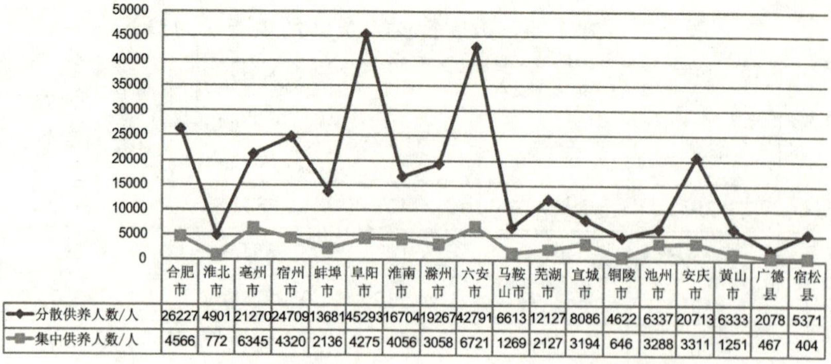

	合肥市	淮北市	亳州市	宿州市	蚌埠市	阜阳市	淮南市	滁州市	六安市	马鞍山市	芜湖市	宣城市	铜陵市	池州市	安庆市	黄山市	广德县	宿松县
分散供养人数/人	26227	4901	21270	24709	13681	45293	16704	19267	42791	6613	12127	8086	4622	6337	20713	6333	2078	5371
集中供养人数/人	4566	772	6345	4320	2136	4275	4056	3058	6721	1269	2127	3194	646	3288	3311	1251	467	404

图5-9　2021年安徽省特困人员救助供养人数分地区比较

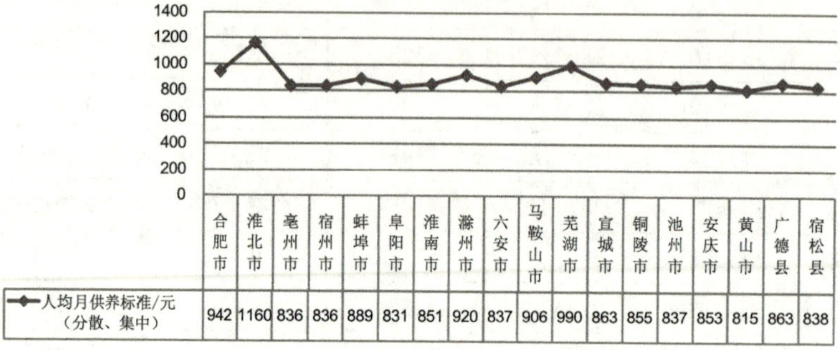

	合肥市	淮北市	亳州市	宿州市	蚌埠市	阜阳市	淮南市	滁州市	六安市	马鞍山市	芜湖市	宣城市	铜陵市	池州市	安庆市	黄山市	广德县	宿松县
人均月供养标准/元（分散、集中）	942	1160	836	836	889	831	851	920	837	906	990	863	855	837	853	815	863	838

图5-10　2021年安徽省特困人员救助供养标准分地区比较

四、中部六省份比较

根据全国民政分省统计的季报数据，把中部地区六省份在2021年的城市与农村特困人员救助供养人数进行比较，如图5-11、图5-12所示。

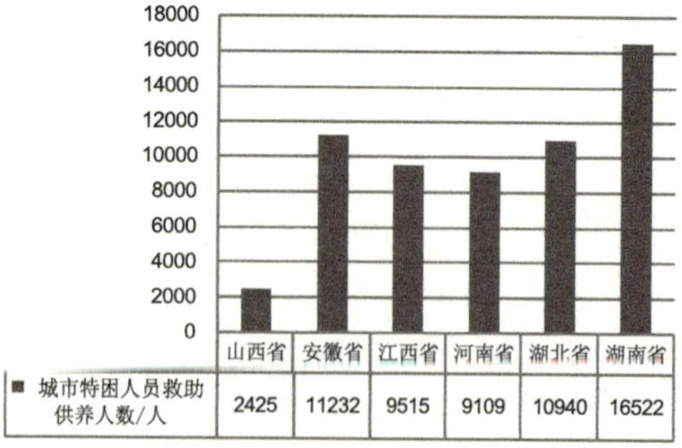

	山西省	安徽省	江西省	河南省	湖北省	湖南省
城市特困人员救助供养人数/人	2425	11232	9515	9109	10940	16522

图5-11　2021年中部地区六省份城市特困人员救助供养人数比较

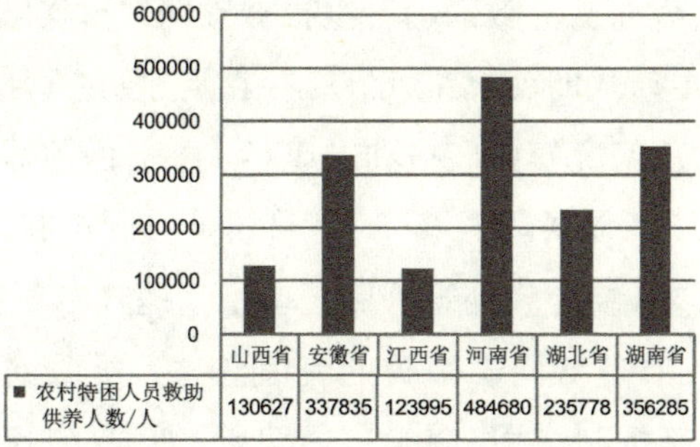

图 5-12　2021 年中部地区六省份农村特困人员救助供养人数比较

第五节　生活无着的流浪乞讨人员救助制度

一、政策措施

根据《城市生活无着的流浪乞讨人员救助管理办法》(国务院第 381 号令)和民政部《生活无着的流浪乞讨人员救助管理机构工作规程》(民发〔2014〕132 号)的相关规定:生活无着的流浪、乞讨人员是指离家在外、自身无力解决食宿、正在或即将处于流浪或乞讨状态的人员。

2021 年 4 月 15 日,安徽省民政厅、财政厅联合发布了《困难人员救助暨困难职工帮扶实施方案——生活无着人员社会救助实施方案》,在以下方面进行了具体规范。

第一,制定了目标任务。加强区域和部门救助联动,引导社会力量参与,积极与其他社会保障政策相衔接,加强源头治理和综合施策,预防和减少外出流浪乞讨现象,不断加强和改进安徽省流浪乞讨人员救助管理工作,及时有效救助流浪乞讨人员,实现流浪乞讨人员应救尽救,切实保障好流浪乞讨人员人身安全和基本生活。

第二,确定了实施范围。其中,救助范围是离家在外、自身无力解决食宿、正在或即将处于流浪或乞讨状态的人员,包括生活无着的流浪人员和生活无着的乞讨人员。救助内容是根据救助对象实际需求，按照自愿、无偿原则，提供主动救助、生活救助、医疗救治、教育矫治、返乡救助、临时安置、源头预防、反家庭暴力庇护和未成年人社会保护等救助服务。

第三，规范了工作要求。其一，完善领导协调机制。按照属地管理、分级负责工作要求，结合救助管理服务质量大提升专项行动部署，进一步完善县级以上政府负责同志牵头的流浪乞讨人员救助管理领导协调机制，有效发挥协调机制作用，明确部门职责，加强部门联动，定期召开会议，研究解决辖区内救助管理工作中存在的困难和问题，重大事项和决策向地方党委政府报告。民政部门承担协调部门职责，其他有关部门按照各自职责做好相关工作，纵向到底、横向到边织密编牢流浪乞讨人员救助管理的救助网络和责任体系。其二，强化街面巡查和转介处置机制。公安机关、城市管理部门和其他有关行政机关要按照职责分工履行街面巡查职责，发现流浪乞讨人员的，应告知其到救助管理机构接受救助。对其中的残疾人、未成年人、老年人和行动不便人员，应护送至救助管理机构，并履行书面交接手续，护送完全民事行为能力人的，应征得其同意。对突发急病人员，应立即通知急救机构，必要时可直接护送至医疗机构进行救治，并及时通知属地救助管理机构到医疗机构甄别其身份。对不愿接受救助的，应告知其救助管理机构联系方式和求助方式，并记录劝导情况。对违反治安管理、城市管理等规定的行为，要依规依法处理，有效减少“强行讨要”“职业乞讨”等不文明现象。其三，优化救助服务供给。救助管理机构应按照要求采取在全国救助寻亲网、今日头条发布寻亲公告，报请公安机关采集DNA比对，进行人像识别等方式方法，切实做好无法查明身份的受助人员身份查询和寻亲服务工作。对于在站长期滞留人员，应充分利用现有设施开展照料服务，站内条件不足的，民政部门应优先选择政府举办的社会福利、养老、精神康复等机构承担托养服务。要区分对象身体状况、年龄等情况实施分类托养。要根据托养人员自理能力，参考特困人员基本生活标准、照料护理标准，综合考虑特殊人群的床位费、康复费等各类成本和托养机构合理收益，科学核算托养费用。医疗救治费用由救助管理机构据实结算。其四，强化落户安置机制。对无法查明身份受助人员在救助管理机构滞留超过3个月的，要严格按照落户工作要求，维护流浪乞讨人员户口登记的合法权益。对已办理户口登记手续、符合特困人员供养条件的，及时纳入救助供养范围，由救助管理机构转移至当地政府设立的具备相应供养条件和能力的供养服务机构集中供养，属于未成年人的，必须转到儿童福利机构供养，并纳入孤儿基本生活保障范围。其五，强化源头治理机制。要建立返乡人员信息台账，强化返乡人员政策帮扶，为符合条件的落实社会救助、社会福利和社会保险等相关政策。与扶贫部门开展信息共享，对有流浪乞讨经历的予以重点关注和帮扶。及时将受助人员情况报乡（镇、街道）及相关部门，教育、督促其近亲属或其他监护人履行抚养或赡养义务，防止其再次外出流浪。有效建立易流浪人员回访机制，将反复流浪乞讨人员等纳入信息库统一管理，加大回访频率，为其回归稳固创造条件。同时将生活无着的流浪乞讨人员救助管理工作纳入平安建设（综治工作）考核评价体系。

第四，加强保障措施。其一，加强组织领导。各级党委和政府要高度重视流浪乞讨人员救助管理工作，把流浪乞讨人员救助管理工作作为困难群众保障工作的一项重要内容，履行属地领导管理责任并强化监管，加强对各部门组织领导，凝聚合力，因地制宜做好本地区流浪乞讨人员救助管理工作。要根据各地具体情况、具体研究，积极解决流浪乞讨人员救助管理工作中存在的突出问题，切实做到流浪乞讨人员弱有所扶。其二，强化部门监管。市县两级民政部门对所辖的救助管理机构承担主要监管责任，完善负责人定点联系制度，定期深入救助管理机构、托养机构、合作医疗机构，开展监督检查和业务指导。对于救助管理机构和托养机构，公安机关、消防机构根据部门职责，依法对其治安、消防工作进行监管；卫生健康部门对其疾病防控和内设医疗机构提供的医疗服务、医疗康复及护理进行监管，根据需要确定定点医疗机构；市场监管部门对其内设食堂的餐饮服务、食品安全和药品安全管理进行监管。财政、审计、人力资源社会保障等部门根据各自职责履行监管责任。其三，做好宣传引导。各地各部门要积极宣传生活无着人员社会救助民生工程政策，注重有效引导社会预期，展现救助管理工作兜底线、救急难的惠民实效。民政部门要密切关注流浪乞讨人员救助管理工作动态和发展趋势，积极组织实施救助管理机构“开放日”活动，并把开放活动范围覆盖到托养机构，主动接受社会监督，听取多方评价，吸取意见建议，探索建立第三方监督机制。救助管理机构要积极引导社会各方力量参与救助服务，进一步优化救助服务供给。其四，强化责任追究。对相互推诿、不履行救助职责，造成流浪乞讨人员未能及时得到救助的，要追究相关部门负责人和直接责任人责任；对负有强制报告义务而未履行报告义务，造成遭受家庭暴力人员和受监护人侵害未成年人死伤等严重后果，要追究负有强制报告义务的相关机构和人员责任；对救助管理机构滞留人员站外托养和医疗救治工作疏于监督管理，造成被委托照料人员或医疗救治人员非正常死伤的，要追究有关负责人和工作人员责任；对因源头预防和治理工作不力、流浪乞讨人员返乡后救助管理不到位，造成外出流浪、乞讨现象严重的地区，要追究该地区相关领导责任。

二、基本情况

2021年安徽省生活无着人员社会救助的分月情况见表5-6所列。

表5-6　2021年安徽省生活无着人员社会救助的分月情况

月份	实际救助小计/人次	在站救助量/人次	人天次	站外救助量/人次	累计使用资金/万元
1—4月	8511	3717	23036	4794	2775.45
5月	10337	4654	29667	5683	3283.67
6月	12796	5797	37365	6999	3772.21
7月	15462	6993	54628	8469	4798.42
8月	17542	7632	60700	9910	5614.54
9月	20083	8422	70626	11661	6501.05

续 表

月份	实际救助小计/人次	在站救助量/人次	人天次	站外救助量/人次	累计使用资金/万元
10月	23149	9326	84022	13823	7273.68
11月	27147	10137	95049	17010	8289.44
12月	30450	11059	103412	19391	9495.66
总计	165477	67737	558505	97740	51804.12

数据来源：安徽省民政厅，http://mz.ah.gov.cn/public/column/21761?type=4&action=list&nav=3&catId=25090311。

三、省内比较

如果把安徽省内每个地区2021年按月份统计的生活无着人员在站救助量与站外救助量分别加总，然后分地区比较，可以得出图5-13。

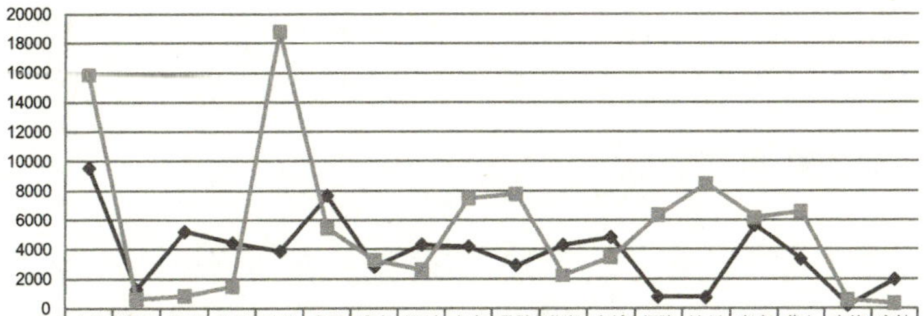

	合肥市	淮北市	亳州市	宿州市	蚌埠市	阜阳市	淮南市	滁州市	六安市	马鞍山市	芜湖市	宣城市	铜陵市	池州市	安庆市	黄山市	广德市	宿松县
在站救助量/人次	9523	1283	5181	4416	3843	7646	2805	4303	4174	2910	4282	4804	759	729	5614	3322	195	1948
站外救助量/人次	15819	582	810	1462	18766	5411	3238	2592	7453	7746	2192	3413	6299	8429	6141	6532	551	304

图5-13　2021年安徽省生活无着人员救助人次比较

四、历年比较

根据全国民政分省统计的季报数据，安徽省2017—2021年生活无着的流浪乞讨人员救助人次如表5-7、图5-14所示。

表5-7　2017—2021年安徽省各季度生活无着的流浪乞讨人员救助人次

年份	1季度	2季度	3季度	4季度	合计
2017	16384	36686	45804	114300	213174
2018	16787	29135	40936	53780	140638
2019	11591	21671	35808	49878	118948
2020	4831	12800	24389	35057	77077
2021	6376	12771	20192	30465	69804

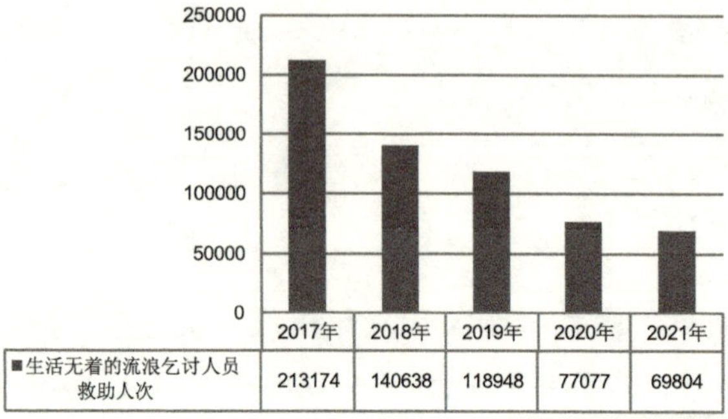

图5-14　2017—2021年安徽省生活无着的流浪乞讨人员救助人次比较

五、中部六省份比较

根据全国民政分省统计的季报数据，把中部地区六省份在2021年生活无着的流浪乞讨人员救助人次进行比较，如图5-15所示。

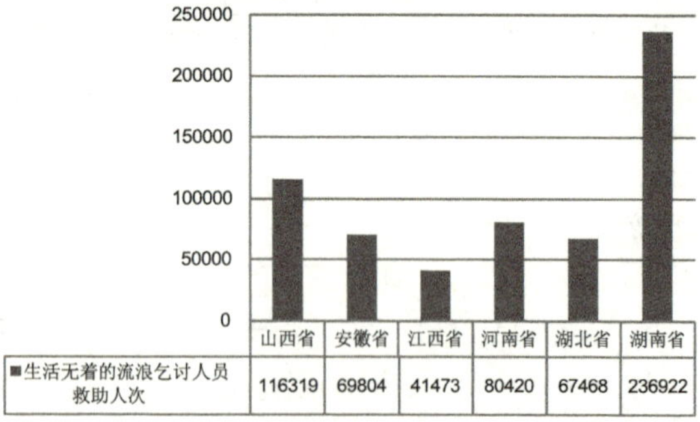

图5-15　2020年中部地区六省份生活无着的流浪乞讨人员救助人次比较

第六节　相关对策建议

一、落实兜底保障政策

首先，适度扩大最低生活保障覆盖范围，争取“应保尽保”。加强监测预警，及时把未脱贫户、脱贫监测户、边缘易致贫户和老少病残孤等困难群体中符合低保政策的人员，全部纳入农村低保范围。适当放宽低保认定条件，对受疫情影响，无法外出务工、经营、就业，导致收入下降、基本生活出现困难的居民，符合低保条件的及时纳入低保范围。对经救灾救助后，基本生活仍有困难的受灾群众，按照政策规定及时纳入低保范围。对低收入家庭中的重残人员、重病患者等特殊困难人员，无法依靠产业就业帮扶脱贫的完全或部分丧失劳动能力人员，经本人申请，参照“单人户”纳入低保。

其次，适度扩大临时救助范围，实现“应救尽救”。积极开展“先行救助”，对于急难型临时救助，乡镇（街道）、县级民政部门可小金额“先行救助”，事后补充说明，对于重大生活困难的可通过“一事一议”审批。健全乡镇（街道）临时救助备用金制度，合理提高乡镇（街道）审批额度。对受疫情等影响无法返岗复工、连续三个月无收入来源，生活困难且失业保险政策无法覆盖的农民工等未参保失业人员，未纳入低保范围的，由务工地或经常居住地发放一次性临时救助金，帮助其渡过生活难关。对基本生活受洪涝灾害影响，其他社会救助制度暂时无法覆盖的受灾困难群众，要通过临时救助做到凡困必帮、有难必救。

再次，落实特困人员救助供养政策，提升照料服务。完善特困人员认定条件，将特困人员救助供养覆盖的未成年人年龄从16周岁延长至18周岁。进一步规范特困人员认定、审批和终止救助全流程管理，及时将符合条件的未脱贫建档立卡贫困人口纳入救助供养范围。推进签订委托照料协议，落实走访照料责任。通过购买住院护理保险等方式，提升特困人员照料护理水平。加强特困人员供养服务机构建设和设施改造，鼓励有条件的农村特困供养服务机构，为农村低保、低收入家庭和建档立卡贫困家庭中的老年人、残疾人提供低偿或无偿的集中托养服务。对因疫情、因灾导致的“三无”人员，要及时落实特困人员救助供养政策。

最后，落实最低生活保障与扶贫衔接政策。对未脱贫建档立卡贫困户中的重度残疾人、重病患者参照“单人户”纳入低保，对于符合整户施保的要坚持整户施保，对其家庭可不再进行经济状况核对，确保应保尽保。对纳入低保范围的建档立卡贫困人口，基本生活仍然存在困难的，要采取增发低保金、提高保障类别等必要措施给予生活保障。落实就业成本扣减、低保渐退等政策，鼓励建档立卡贫困户就业，在核算低保家庭收入时按规定扣减必要的就业成本，收入超过低保标准后给予12个月的渐退期，增强其就业的稳定性。对于主动申请退出低保的给予1～3月的低保金，促进有劳动能力的贫困人口积极就业。

二、优化社会救助工作流程，提高服务水平

首先，推进社会救助审批权下放。加快推进低保、特困等社会救助审核确认权限下放至乡镇（街道），在乡镇（街道）建立党委领导、政府负责、部门参与的社会救助联审联批制，县级民政部门加强监督指导。

其次，简化优化低保办理流程。在乡镇（街道）推行社会救助家庭经济状况核对环节前置，对经济状况核对和入户调查无疑义的救助申请家庭，可不进行民主评议。取消可以通过政务服务平台查询的相关证明材料，将低保、特困办理时限压缩到20个工作日内。

再次，加快社会救助线上办理。以低保信息系统为依托，积极推行社会救助全流程线上办理，实现社会救助事项“掌上办”“指尖办”“就近办”“电视办”。防汛救灾和疫情防控期间，发挥社会救助家庭经济状况核对机制作用，入户调查可采用电话、视频等非接触、远距离灵活方式。

最后，畅通社会救助服务热线。县级民政部门要确保社会救助服务

热线畅通，加强电话值守，确保防汛救灾、疫情防控期间困难群众求助有门。加强部门联动，建立健全困难群众求助转介机制，使各类社会救助求助事项都能得到及时办理。

三、加强组织领导，确保相关责任的落实

首先，强化组织领导。市、县人民政府要落实社会救助属地管理责任，加强对社会救助兜底脱贫工作的组织领导。市、县民政、扶贫部门要深入学习领会习近平总书记关于扶贫工作重要论述和中央脱贫攻坚决策部署，加强统筹协调、配合协作，确保取得实实在在的工作成效。要密切跟踪分析汛情、疫情对社会救助兜底脱贫的影响，及时回应群众关切。

其次，加强统筹协调。市、县民政部门要履行社会救助"8+1"体系牵头抓总职责，发挥好困难群众基本生活保障工作协调机制作用，会同扶贫部门统筹整合救助资源，坚持"一事一议""一案一策"，解决困难群众急难个案。要通过主动发现、"一门受理、协同办理"机制，将掌握的受汛情、疫情影响困难群众医疗、教育、就业等方面存在的困难信息及时转介给相关部门，协助做好专项救助申请工作。

最后，强化资金保障。各地民政部门要会同扶贫部门根据兜底脱贫、疫情影响、防汛救灾、物价联动等因素，精心测算社会救助资金需求，及时报党委和政府以及同级财政部门，进一步增加困难群众兜底保障资金投入。要统筹使用省以上困难群众救助等补助资金和地方各级财政安排资金，及时足额发放各类救助金和补贴，保障好困难群众基本生活。

第六章　安徽养老机构发展报告

由于经济发展、科学技术进步、医疗卫生水平的提高,我国人均寿命大幅度提高,加之以前独生子女政策的实施,我国自千禧年初便已经进入老龄化阶段。独生子女政策使得中国家庭结构逐渐趋向小型化,加之社会劳动力流动速度加快和生活方式上代际距离加大,空巢老人家庭的数量逐渐增多。由此,老年人如何得到妥善的赡养成为21世纪以来国家和社会关注的重点问题。安徽省作为中部地区的人口大省,是一个老龄化问题较为突出的省份。安徽省经济实力与东部地区相比较为落后,养老需求压力较大,养老负担较重。根据数据统计,1998年安徽省65岁及以上人口比重为7.02%,而我国平均水平为6.7%,说明安徽省是最早进入老龄化的省份之一;2021年末,安徽省60岁及以上人口为1146万人,占安徽省总人口的18.75%,其中,65岁及以上人口为944万人,占安徽省总人口的15.44%。本章在312份安徽省养老机构调查问卷的基础上,分析安徽省养老机构现状和面临的困境,并最终给予研究建议,这对促进安徽省养老机构长效稳定发展具有重要意义。

第一节　安徽养老机构发展现状

本章是基于实地调查基础上的第一手资料的分析。本次调查涉及安徽省东、中、西部以及皖北、皖南14个城市48个区(县)共312家养老机构，调查对象为符合资质的养老机构主要负责人，调查方法为完全随机抽样调查。养老机构主要负责人在“问卷星”系统线上填写调查问卷。本次调查共发放312份问卷，回收有效问卷312份，有效率100%。所有问卷均通过当地政府相关部门负责人进行发放，督促养老机构主要负责人认真填写，以保证问卷反映的养老机构情况与实际相符合。

一、安徽省养老机构基本情况

从被调查的312家养老机构来看，民办非营利性机构在所有机构中占据主要地位，约占调查总数的56.73%，而公办公营机构占22.76%。约有42.95%的养老机构举办主体是个人，而政府机构仅占25.96%。在机构的房屋来源上，自建、租赁和公建民营各占三成左右，自购者仅有3.85%。在土地性质上，有210家养老机构的土地性质为养老用地，约占调查总数的67.31%；商业用地和住宅用地次之；医疗用地最少，仅有12家，约占调查总数的3.85%。在机构的投资来源上，有183家养老机构为自有资金投资，约占调查总数的58.65%；政府资助的养老机构有92家，约占调查总数的29.49%；仅有1家养老机构是私募基金资助。详见表6-1。

表6-1　312家养老机构基本信息(一)

变量	分类	频数	频率
机构性质	营利性机构	25	8.01%
	民办非营利性机构	177	56.73%
	公办公营机构	71	22.76%
	其他	39	12.50%

续 表

变量	分类	频数	频率
举办主体	个体	134	42.95%
	医疗机构	12	3.85%
	房地产公司	2	0.64%
	国有企业	1	0.32%
	事业单位	17	5.45%
	政府机构	81	25.96%
	其他	65	20.83%
房屋来源	自建	95	30.45%
	自购	12	3.85%
	租赁	94	30.13%
	公建民营	94	30.13%
	其他	17	5.45%
土地性质	商业用地	51	16.35%
	住宅用地	39	12.50%
	医疗用地	12	3.85%
	养老用地	210	67.31%
投资来源	自有资金	183	58.65%
	银行贷款	12	3.85%
	社会捐赠	1	0.32%
	政府资助	92	29.49%
	私募基金	1	0.32%
	其他	23	7.37%

同时，被调查的312家养老机构成立时间最早为1949年，已经运营73年，最晚为2020年，平均运营年限为10年。在养老机构拥有的职工人数上，最多为206人，最少只有2人，平均每家养老机构有17名职工。在床位数量上，最多拥有1000张床位，最少的仅有10张床位，平均每家机构拥有132张床位。详见表6-2。

表6-2　312家养老机构基本信息(二)

变量	成立时间	运营年限/年	职工人数/人	床位数/张
最大值	2020年	73	206	1000
最小值	1949年	2	2	10
均值	—	10	17	132
总计	—	—	5361	41327

在总计5361名职工中,管理人员占26.56%,共1424名;护理人员占73.44%,共3937名,平均每5位老人拥有1名护理人员。而在护理人员中,护士、护工、医生和后勤人员分别为617名、2043名、339名和938名,护工占比最大,为51.89%,而医生仅占8.61%。

二、安徽省养老机构服务情况

在被调查的312家养老机构中,共有18765名老人(其中,自理老人数量5838人,部分自理老人数量5732人,不能自理老人数量7195人),2021年新增老人6221人,离院老人4416人(其中死亡人数为2149名,占比48.66%)。其中,现有老人数量最多的有679人,最少的有2人,平均为60人。老人的年龄最大90岁,最小50岁,平均76岁。新增老人数量最多有604人,最少为0,平均20人。离院老人中最多的有112人,最少的为0,平均13人。详见表6-3。

表6-3　312家养老机构老人基本情况

变量	现有老人数量/人	老人年龄/岁	新增老人数量/人	离院老人数量/人
最大值	679	90	604	112
最小值	2	50	0	0
均值	60	76	20	13
总计	18765	—	6221	4416

在312家养老机构的收费情况上,自理老人平均收费1247元/月,不能自理老人平均收费2022元/月,不能自理老人比自理老人收费上平均贵

775元/月。在床位费上二者相差不大。但在护理费上，自理老人最高收费4000元/月，平均收费440元/月，不能自理老人最高收费9000元/月，平均收费1065元/月，二者在平均收费上相差625元/月。详见表6-4，表6-5。

表6-4 自理老人收费情况

单位：元/月

变量	自理老人收费	床位费	护理费
最大值	9750	3200	4000
最小值	0	0	0
均值	1247	489	440

注：自理老人收费中包含床位费和护理费。

表6-5 不能自理老人收费情况

单位：元/月

变量	不能自理老人收费	床位费	护理费
最大值	12000	4390	9000
最小值	0	0	0
均值	2022	529	1065

注：不能自理老人收费中包含床位费和护理费。

从312家养老机构提供的上门服务和医疗服务来看，仅有86家养老机构提供上门服务，占调查总数的27.56%；在是否提供医疗服务上，有200家养老机构提供配套医疗服务，占比超过六成。但在对提供的医疗服务情况进行具体观察时可以看到，在提供医疗服务的养老机构中只有四成是自设医疗机构，其余均是和当地医疗机构合作。提供医疗服务的机构有81.50%为医保定点机构，59.50%是长期护理保险定点机构。从养老机构性质与是否提供医疗服务的交叉分析来看，营利性机构中有15家提供医疗服务，民办非营利性机构中有112家提供医疗服务，公办公营机构中有48家提供医疗服务（表6-6）。总体上非营利性和公办公营机构提供的医疗服务比例更大。在养老机构与周边医院距离的统计上(以开车时间估算),78.21%的机构开车15分钟以内可到达,只有1.60%的机构开车需要60分钟以上,到达各机构的平均开车时间为18分钟。

表6-6　312家养老机构性质与是否提供医疗服务交叉分析

变量		观测值	提供医疗服务		不提供医疗服务	
			数量/家	比例/%	数量/家	比例/%
机构性质	营利性机构	25	15	60.00	10	40.00
	民办非营利性机构	177	112	63.28	65	36.72
	公办公营机构	71	48	67.61	23	32.39
	其他	39	25	64.10	14	35.90

三、安徽省养老机构运营情况

从312家养老机构前期投入金额和各部分投入占比上来看,312家养老机构平均前期投入金额需4741079元,最高投入金额22360000元。前期所有投入中,房屋建造成本平均花费2101187元,占据总投入的44.32%,是资金的主要使用项目。土地成本、房屋修缮成本、设备成本分别占总投入的17.98%、20.05%和17.65%,这三类项目资金使用占比相差不大。详见表6-7,图6-1。

表6-7　312家养老机构前期投入项目金额

单位:元

变量	总投入	土地成本	房屋建造成本	房屋修缮成本	设备成本
最大值	22360000	5390000	8900000	9500000	8900000
最小值	40000	10000	20000	10000	32000
均值	4741079	852633	2101187	950675	836584

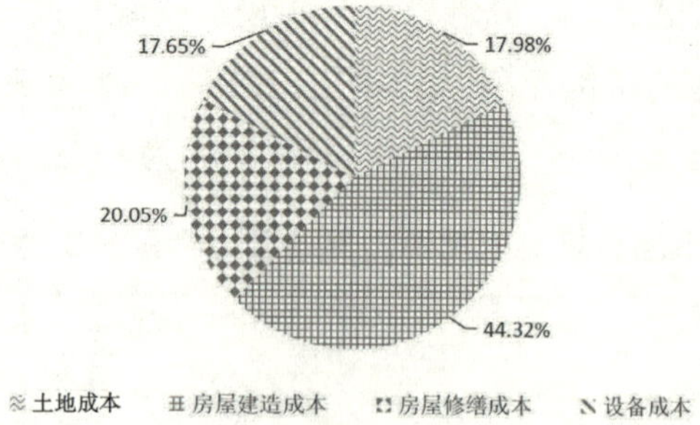

图6-1　312家养老机构前期投入各部分占比

从312家养老机构的总收入和各部分收入占比情况分析来看,2020年,被调查养老机构平均收入1054865元,最高8000000元,最少30000元。其中业务收入平均818720元,占总收入的72.06%,是收入的主要来源;财政补贴平均仅有208306元,占总收入的18.33%(在312家养老机构中,2020年仅有32家获得了财政补贴,剩余280家机构没有获得财政补贴)。详见表6-8,图6-2。

表6-8　2020年被调查养老机构总收入和各部分收入情况

单位:元

变量	总收入	业务收入	财政补贴收入	其他收入
最大值	8000000	5500000	800000	995567
最小值	30000	10000	10000	10000
均值	1054865	818720	208306	109133

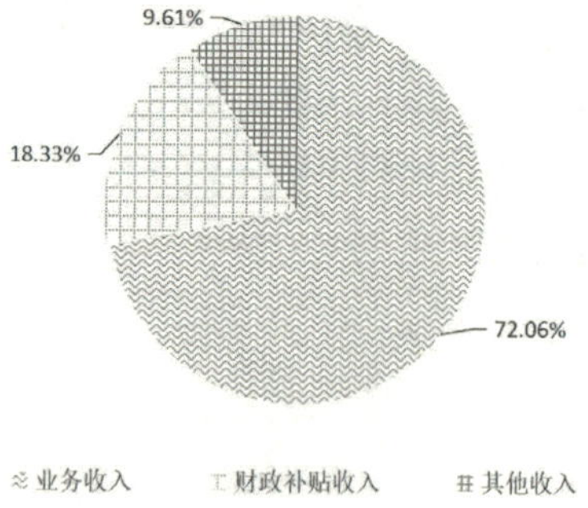

图6-2　312家养老机构总收入中各部分收入占比

从312家养老机构的支出情况来看，2020年，被调查养老机构平均总支出867323元，最高总支出4101579元，最低总支出15000元。所有支出中，人员支出平均522990元，约占总支出的38.21%；其次是业务支出，平均307036元，占比22.43%；日常支出、房屋租金支出和其他支出占比分别为9.21%、18.40%和11.74%。详见表6-9，图6-3。

表6-9　2020年被调查养老机构总支出和各部分支出情况

单位：元

变量	总支出	人员支出	业务支出	日常支出	房屋租金支出	其他支出
最大值	4101579	8000000	6840000	870000	2000000	950000
最小值	15000	16000	10000	10000	10000	10000
均值	867323	522990	307036	126070	251868	160745

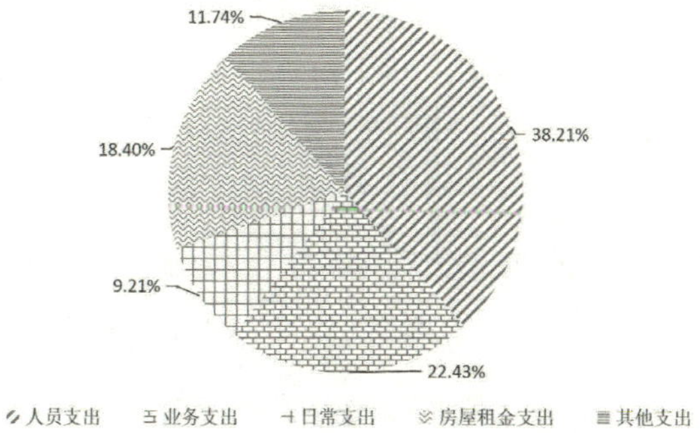

图6-3　312家养老机构总支出中各部分支出占比

从本次调查问卷的数据统计结果来看，一方面，312家养老机构中已实现收支平衡的有161家，仍有151家养老机构未达到收支平衡，一直处于亏损状态（表6-10）。2020年，312家养老机构年末结余中，平均结余187542元，最多结余2293340元，最多亏损2000000元；而在收支平衡的养老机构中，从成立到收支平衡用时最长的为30年，最短的仅1年，平均时间为4年（即便4年时间已经足够短，但仍有151家养老机构存在收不抵支的情况）。另一方面，在71家公办公营机构中收支平衡比为76.06%，占比最大；而在177家民办非营利性机构中，有101家机构收支不平，占比

57.06%，占比最多；即便是营利性机构，依旧有五成以上不能实现收支平衡。

表6-10　312家养老机构性质与是否收平衡情况交叉分析

变量		观测值	收支平衡		收支不平衡	
			数量/家	比例/%	数量/家	比例/%
机构性质	营利性机构	25	12	48.00	13	52.00
	民办非营利性机构	177	76	42.94	101	57.06
	公办公营机构	71	54	76.06	17	23.94
	其他	39	19	48.72	20	51.28

从312家养老机构的护工基本情况调查中可以发现，首先，护工的工作时长分布较为平均，8小时以内最少，仅有60家，占比19.23%，其余护工工作时长均在8小时以上，其中超过12小时的机构有85家，占比近三成。其次，护工的受教育程度基本为初中及以下，护工为高中及以上学历的仅有20家机构，占比6.41%。再次，护工的来源地近九成为本地农村或城市居民，仅有4.49%的护工来自外地农村，而从外地城市来的护工为0。最后，从招聘护工的渠道可以发现，护工基本来自机构自主招聘，约占66.67%，来自家政公司、亲戚介绍途径的护工仅有19.23%。详见表6-11。

表6-11　312家养老机构护工情况调查

变量	分类	频数	频率/%
工作时长	8小时以内	60	19.23
	8～10小时	85	27.24
	10～12小时	82	26.28
	12小时以上	85	27.24
受教育程度	小学及以下	118	37.82
	初中	174	55.77
	高中/大专	16	5.13
	大专及以上	4	1.28

续　表

变量	分类	频数	频率/%
来源地	本地农村	246	78.85
	外地农村	14	4.49
	本地城市	52	16.67
	外地城市	0	0
招聘来源	家政公司	19	6.09
	自主招聘	208	66.67
	亲戚介绍	41	13.14
	其他	44	14.10

从被调查的在职护工基本情况来看，所有护工中女性护工约占72.50%，平均工资为3181元/月，最高12000元/月，最低仅有1200元/月。护工的平均年龄为54岁，最高68岁，最年轻的仅有40岁。2020年312家养老机构新入职护工共808人，平均新入职护工仅有4人，最多41人，最少的无新入职护工；2020年312家养老机构护工累计离职465人，平均每家机构离职2人，最多离职14人。详见表6-12。

表6-12　312家养老机构在职护工基本情况

变量	护工月工资/元	护工年龄/岁	女性护工占比/%	2020年新入职护工/人	2020年离职护工/人
最大值	12000	68	100.00	41	14
最小值	1200	40	30.00	0	0
均值	3181	54	72.50	4	2
总计	—	—	—	808	465

对312家养老机构性质和护工工作时长、受教育程度进行交叉分析发现，一方面，四种性质的养老机构中，民办非营利性机构在各个时长下占比均是最多的，且工作时长在8～12小时，营利性机构护工工作时长集中在12小时以内，公办公营机构护工工作时长主要在10小时以内，但也存在部分机构护工工作时长在12小时以上。另一方面，四种性质的养老

机构中营利性机构与公办公营机构的学历水平要高于民办非营利性机构，营利性机构的学历水平最高，但总体上护工学历水平均偏低，集中于初中以下。详见表6-13。

表6-13　312家养老机构性质与护工工作时长、教育程度交叉分析

变量		观测值	营利性机构		民办非营利性机构		公办公营机构		其他	
			数量/家	比例/%	数量/家	比例/%	数量/家	比例/%	数量/家	比例/%
工作时长	8小时以内	60	6	10.00	27	45.00	22	36.67	5	8.33
	8～10小时	85	4	4.71	55	64.71	19	22.35	7	8.24
	10～12小时	82	9	10.98	51	62.20	8	9.76	14	17.07
	12小时以上	85	6	7.06	44	51.76	22	25.88	13	15.29
受教育程度	小学及以下	118	8	6.78	74	62.71	23	19.49	13	11.02
	初中	174	13	7.47	96	55.17	41	23.56	24	13.79
	高中/大专	16	2	12.50	6	37.50	6	37.50	2	12.50
	大专及以上	4	2	50.00	1	25.00	1	25.00	0	0

从图6-4中可以看出，312家养老机构对各自的前景预期基本抱有乐观态度，对未来不够乐观的占14.42%，其中有9.29%的机构认为未来不够明朗，难以实现收支平衡，还有5.13%的机构认为会常年亏损。从养老机构性质与预期前景的交叉分析中可以看到：民办非营利性机构虽然大部分对未来持乐观态度，但收支未实现平衡的机构有82家，预期常年亏损的有10家，预期难以实现收支平衡的有21家，仅有64家机构对未来充满

自信且已经实现收支平衡；营利性机构与民办非营利性机构类似；公办公营机构在整体上对预期充满自信且多已经实现收支平衡，仅有8家机构对未来预期持悲观态度，认为难以实现收支平衡。详见表6-14。

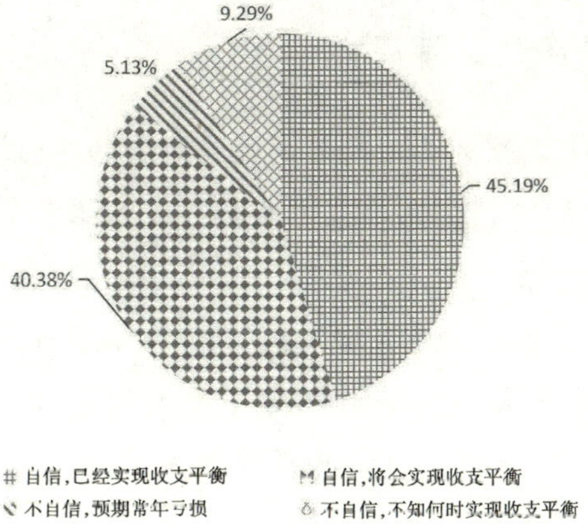

图6-4　312家养老机构对机构未来发展前景态度

表6-14　312家养老机构性质与预期前景交叉分析

变量		观测值	营利性机构		民办非营利性机构		公办公营机构		其他	
			数量/家	比例/%	数量/家	比例/%	数量/家	比例/%	数量/家	比例/%
前景预期	自信，已平衡	141	9	6.38	64	45.39	50	35.46	18	12.77
	自信，将平衡	126	14	11.11	82	65.08	13	10.32	17	13.49
	不自信，亏损	16	1	6.25	10	62.50	3	18.75	2	12.50
	不自信，难平衡	29	1	3.45	21	72.41	5	17.24	2	6.90

第二节　安徽养老机构面临的困境

一、养老机构经营难度大

养老机构的资金投入不足是当前需要解决的主要问题。养老机构本身前期投入大、资金回收能力弱、回收周期长以及经营风险大等问题突出,社会上愿意投资建立民办养老机构的不多,且当前已有的企业也多数面临资金短缺和营收不足等问题。例如,本次调查中发现,312家养老机构中有151家收支未实现平衡,依旧处于亏损状态,并且已经实现收支平衡的企业平均需要4年时间才能实现收支平衡,最长甚至达到30年。因此,社会资本大多不愿涉及该产业,使得养老机构在实际运营上有很大困难。国外成熟的企业、慈善组织、宗教组织和公益组织,对于老年服务产业提供多样的支持,而在国内,一方面慈善事业不发达,另一方面民办养老机构盈利目的强,社会公益性资金注入难,使得养老机构在实际运营中若离开相关政策补贴将很难独立运行。

为应对养老机构经营困难问题,多地开始实行养老机构补贴支持政策。以安徽省合肥市为例,2018年,合肥市民政局在《合肥市社会养老服务体系建设实施办法》中明确支持社会力量兴办养老机构,对符合规定的养老机构给予一次性建设补助、日常运营补贴、贷款贴息补贴和购买服务补贴,同时对机构内设医务室、护理站的也给予补贴。但实际调查数据显示:被调查的合肥市39家养老机构中仅有24家实现收支平衡,15家养老机构尚未实现收支平衡;39家养老机构的平均财政补贴占总收入的两成左右,主要营收依旧来自业务营收。尚未实现收支平衡的15家养老机构中,有6家对预期前景不够乐观,认为未来难以实现收支平衡。从具体反映的情况来看,补贴标准相对养老机构的投入而言,并不能从根本上解决养老机构的资金问题。

业务收入是养老机构发展的重要支撑,但入住率不高、经营成本高等问题一直影响着养老机构的发展。收费过高老人住不起,收费过低难以维持机构运转。此外,地理位置、硬件条件、服务水平、医疗服务和机构性质都是影响收入的重要因素。除了日常生活支出外,养老机构人员工资也占据了机构支出中较大一部分(例如,本次被调查的312家养老机构,人员支出占总支出的38.21%,日常支出也占据了9.21%)。在所有养老机构中,民办机构占据大多数,同时也是经营最困难的一部分,经营压力也最大。和公办养老机构相比,民办养老机构在硬件设施、资金和医疗条件上均存在明显落后现象,部分地区甚至出现公办机构排队入住,民办机构无人问津的现象。

二、老年人护理需求与机构提供的服务之间有供需矛盾

我国多部门联合发布的《关于加快推进健康与养老服务工程建设的通知》(以下简称《通知》)明确提出:截至2020年,每千名老年人拥有养老床位数要达到35~40张。2020年的统计数据显示,我国共有养老机构3.8万个,养老服务床位823.8万个,平均每家养老机构提供217张床位。但本次安徽省312家养老机构的抽样调查结果显示,安徽省养老机构平均每家机构仅有132张床位,远低于全国平均水平,供给端存在明显不足。与供给端不匹配的是在老龄化加持下需求端逐渐上升。

从老年人对养老机构的需求上来看,老年人对养老上的需求不单单局限于衣食住行上的基本需求,还包括精神上的慰藉和生理健康方面的需要。当前大多数养老服务机构仅能满足衣食住行上的基本需要,对于精神、医疗上的满足很难实现。以医疗服务为例,在本次调查的312家养老机构中,提供医疗服务的只有200家,其中自设医疗机构(如医务室)的只有80家,仅占总体的25.64%。虽然78.21%的养老机构能满足15分钟内急救(开车15分钟内可到达医疗机构),但相较于急救需要,老年人日常生活中的医药卫生才是核心诉求,尤其是具有慢性疾病的老人。同样,未来人们对于养老机构的需求只会越来越高。首先,独生子女政策导致

紧缩型家庭结构的出现,使子女对于养老机构的需求更为迫切。其次,老龄化的加速发展,使得我国高龄老人、失能半失能老人、空巢老人逐年增多,在老年群体中,这部分老人对养老机构的需求也逐渐增多,而子女在对这部分老年人的照顾上难以胜任,也同样只能寻求专业照护团队的支持,潜在需求巨大。最后,居家养老只适用于健康状况较为理想、有配偶、子女多或者经济状况良好的老年群体,但在实际照料过程中存在的"突发疾病风险"没有足够的应对机制,往往会导致老人突然离世。尤其是对于失能半失能等老年群体,机构养老是最合适的养老方式,但实际中寻求一家符合要求的养老机构并不容易(例如,部分养老机构条件好但是不接受失能老人,接受失能老人的机构收费每月可能过万,或者部分接受失能老人的机构不具有专业的医护团队,老人对医疗服务的需求很难得到满足)。

从养老机构提供的养老服务来看,养老机构供给端存在功能结构单一和服务质量不高的问题。年事已高的老者,随着年龄增长更加追求精神上的慰藉和健康的身体,由此衍生的精神需求和医疗需求应当得到养老机构的重点关注。但养老机构在实际运行过程中很难提供有效供给。一方面,调查中发现,多数养老机构只接受能自理老人或以接受能自理老人为主,并且一旦发现老人病危机构就会要求家属将老人接走。老人(尤其是患有慢性疾病、身体健康状况不佳的老年人群)希望养老机构中自设医疗机构并纳入医保,但在被调查的312家养老机构中,提供自设医疗机构的数量较少,纳入医保的更是少之又少。另一方面,老人在养老机构中不可避免地存在单一生活方式,远离亲人。当前我国老人很难接受养老机构的一个重要原因就是,养老机构缺乏"家"的感受和亲情的滋养。生活在养老机构中的老人是社会所有老年群体的一个重要组成部分,但多数养老机构没能有效关注老年人的心理健康需要,没有根据老年人的心理健康特点,在照护过程中给予其必要的心理和社会支持,这是养老机构在供给端应该重点解决的问题。

三、养老服务资源分布不均

养老服务资源不均体现在城乡之间不均衡和区域内部不均衡。从城乡之间养老服务资源的差异来看：第七次人口普查数据显示，我国乡村60岁及以上老年人口占比23.81%，高出城镇7.99个百分点；同第六次人口普查数据相比，乡村60岁及以上老年人口占比（14.98%）上升了8.83个百分点，城乡60岁及以上老年人口的占比差距（3.19个百分点）上升了4.8个百分点。由此可见，我国城乡老龄化差距正在不断拉大，乡村老龄化程度更为严重。与乡村老龄化发展趋势相反的是，对比城市养老服务，乡村养老服务起步晚、设备落后、服务质量差，缺乏医疗保障，养老基本保障制度落后，保障标准偏低，留守的空巢老人可享受的保障更为短缺。与城市机构养老需求人群不同，乡村中的老人大多选择居家养老，有机构养老需求的集中在失能、失智老人或孤寡老人群体中，他们对于机构养老几乎是必然需要，但受限于家庭经济状况和当地养老机构服务质量，这类老人往往晚年较为凄凉，难得善终。而当前社会关注的重点却集中在城区老人的养老需求上，对乡村有机构养老需求的老年群体缺乏必要的关注和政策倾斜。

从区域内部养老服务资源的差异来看，一边是以大型二级、三级医疗机构为基础建立的内部养老机构，或品牌实力强、发展较好、业务收入稳定的养老机构在内部建立的资质较高的医疗机构，这两类养老机构无一例外收费较高，多数家庭难以承受。另一边"性价比"较高的公办、民办养老机构成为老年群体寻求的重要对象。但相较于民办养老机构，公办养老机构一般区位条件较好，周边配套设施完善，享受的社会资源也较好，这无疑挤压了民办养老机构的生存空间。由此形成了公办养老机构排队入院，民办养老机构大量"空床"局面。一方面，公办养老机构数量不足，需要依靠社会力量建立民办养老机构填补社会需求；另一方面，民办养老机构享有的不论是资金、政策、区位资源等都全方位落后于公办养老机构，民办养老机构的生存空间被不断压缩，直至无法维持机构运作，最终收不抵支面临破产。

四、养老机构护理人员不足且资质和薪资较低

从被调查的312家养老机构护理人员情况来看，首先，总计5361名职工中仅有3937名护理人员，平均每5位老人拥有1名护理人员，但是护理员包括护士、护工、医生和后勤人员，真正为老人服务的护工仅有2043名，平均每位护工要照看10位老人。由此可以发现护理人员十分短缺，尤其是护工，更是少之又少。其次，被调查的312家养老机构中护工月平均工资为3181元，每天平均工作时长为11个小时，时薪在10元左右，并且休假极少，工作十分辛苦。再次，被调查的312家养老机构中护工的年龄在54岁左右，学历水平多为初中以下，大多来自本地农村，基本是外出打工的大龄妇女群体在从事着护工职业。一方面，从业人员以女性为主，缺少男性护工，导致男性老人的照顾有所缺失；另一方面，几乎没有相关专业人才从事专业的护理工作，护理人员专业知识和专业训练不足，缺少护理经验。最后，护工的主要服务对象是失能或失智老人，相较于能自理的老人，服务更加辛苦，相关职业已经开始出现后继无人的现象，前景堪忧。职业地位决定了护工在薪资和社会地位上明显低于其他职业，护工薪资待遇低、工作辛苦、社会地位低等，在很大程度上决定了该职业的前景不够明朗。

第三节　安徽养老机构高质量发展研究建议

一、加大养老机构财政支持力度

首先，落实养老机构普适优惠政策，将养老事业发展纳入政府绩效考核范围内，要求相关单位领导者重视、支持养老产业发展。对现行的机构养老支持政策要配以实施细则，提高政策实施过程中的有效性，强化监管

与评估力度。其次，提高机构养老的补贴额度和补贴范围，建立与安徽省经济社会发展相适应的长效补贴与保障机制，提高民办养老机构的床位和运营补贴标准，扩大补贴范围，维持省内养老机构发展稳定性。再次，提高养老机构的信贷支持力度。政府可通过建立专项养老机构发展补贴基金，为经营状况良好、有稳定营收的机构放宽贷款政策，提供低息或者无息贷款，促使养老机构有充足资金稳定发展。最后，鼓励多种形式投资建立养老机构，允许更多的社会力量和外资进行投资，鼓励利用更多社会闲置资源建立机构厂房、商业设施等，整合社会资源改造和兴办养老机构。

二、推动医养结合模式发展

本次调查过程中发现的一个重要问题是，老年人医疗服务难以得到有效保障，从现有的养老机构发展现状来看，推动建立医养结合模式是必经之路。第一，提高机构供给主体的积极性，完善不同服务方式。鼓励一、二级医院和社区、乡村医疗机构建立或转型康复机构、疗养机构、临终关怀机构等“医养结合”类型养老机构，为老人直接提供专业护理。第二，完善医院内设养老机构、养老机构内设医疗机构和养老机构与医疗机构合作三种医养结合模式，针对不同老人的健康状况和自理能力进行分类护理，为他们提供合理舒适的护理服务。对于身体健康有自理能力的老人，可将其安置在社区卫生中心等基础养老机构，为他们提供日常疾病预防和健康管理服务；对于能够自理但长期患有慢性疾病、大病初愈等健康状况不够稳定的老人，可将其安排于二级医疗机构进行康复治疗和护理；对于失能、部分失能老人，以及恶性疾病晚期等健康状况不容乐观的老人，需要将他们安排在有专业医疗服务的养老机构中，为他们提供长期护理，服务内容主要包括生活照料、精神慰藉、文娱活动，以疾病治疗、康复保健和临终关怀为重点。第三，健全政府管理机制，落实优惠补助政策。医养结合模式的推广，离不开政府的协调与统筹，需要在政府的带领下建立具有示范效应的服务规划和供给链条，结合各地医疗产业、城市建设、环境卫生等实际情况，科学规划、严格管理；同时，应进一步完善和落实各项优惠政策,加大对医养结合机构的补助范围,设立信贷基金,为相关机构提供无息或低息贷款,解决他们的资金难题。

三、优化养老机构供给端服务质量,建立"家庭化"养老机构

给生命以欢乐,给暮年以终老。通过专业化、规范化的社会化养老服务体系,满足不同层次老年人的需求,走一条成本较低的福利化、公益化、市场化相结合的养老之路。首先,注重提高养老机构的生活品质和精神抚慰能力,提高老人居住环境质量,建立机构养老"宜居化",营造养老机构"家庭化"氛围,提高机构设施品质,让老人在机构中享受到"高品质居家养老"般的生活。其次,政府丰富养老产业投资模式,扩大机构养老规模,建立一批品牌养老机构,延长养老产业链。在现有的公办、民办养老机构基础上,鼓励中外合作、外商兴办养老机构,建立品牌产业联盟,持续增加公共投入,扶持品牌产业长足发展,促进医疗卫生与养老资源一同普惠共享。再次,要从细微处照顾老人生活日常,解决老人及时就医问题,专业定制满足老人个性化娱乐需求项目,通过提高服务质量来满足老人的养老需要。最后,关怀老人的精神世界,给予老人亲情化的关爱。精神慰藉是老人在评价机构养老服务质量中最重要的因素。养老机构要开展必要的心理服务,了解老人的内心世界,分担老人的心理烦恼,为老人排除孤独。"亲情化"是养老机构发展的重要方向,应赋予机构养老"精神赡养"和"亲情滋养"功能,使老人得到必要的尊重和敬爱。

四、进一步推动公办养老机构的发展

在现有的养老机构中,公办养老机构占据重要地位,但从调查结果来看,公办养老机构还存在着封闭运行、床位不足、效率低下等问题。为此需要从以下几个方面进行改进:第一,针对部分经济情况较好的地区,可以适度尝试通过公建民营的方式来提高养老机构的服务效率。第二,对于现有的部分公办养老机构,要明确公益性定位,尝试将部分机构转变为

医养结合模式，为家庭状况困难的失能半失能老人提供低收费或免费入住，同时也要面向其他特殊群体提供入住。民办养老机构大多不愿接受失能或失智老年群体，公办养老机构在此种情况下更要坚持公益性，要代表政府为社会养老提供“兜底服务”。第三，对于想要入住公办养老机构的老年群体，应严格审查老人失能、失智状况；在机构承接能力范围内，尽可能多地接受社会失能、失智老年群体，为他们提供必要的老年护理，使其拥有一个较为安详的晚年。第四，政府应按照公办养老机构中失能、失智群体数量以及养老机构提供的服务质量，给予全额经费补助；而对低收费进入养老机构的困难群体，政府应将差价补还给养老机构。

五、引导养老服务资源下沉

与城镇老人养老观念不同，乡村老人更容易受“故土难离、养儿防老”观念影响，经济实力也相对较低，针对此部分老人，必须优先将养老服务放在居家养老上。在乡村振兴战略下，可通过政府主导，加大资金、人员和设施投入，建设乡村养老服务中心、老年人互助站和老年娱乐中心以保障乡村老人养老质量。对于乡村失能、失智老年群体，通过建立乡镇集体养老机构，由政府出资补齐差价，为他们提供低收费或免费养老护理服务。对于区域内部养老服务资源分布不平衡问题，当地政府应该在财政允许的情况下考虑养老设施布局的合理性，在区域内部规划一定数量和规模的养老机构。此外，依托养老产业优势，围绕中心优秀医疗资源，采取政府扶持与经济补贴相结合的方式引导民办养老资源融入产业园区，优化养老资源空间配置的均衡性和公平性。同时，对于养老资源有盈余的区域，通过政府建立协同合作机制，引导养老资源向低发展区域流动，避免养老资源浪费，提高利用效率。

六、提高护理人员职业地位，鼓励培养专业人才

首先，提高护理行业的职业地位。政府应该大力宣传护理职业的重

要性，一方面，可以呼吁广大群众给予这部分群体更多的关注，促使群众了解护理行业对养老事业发展的重要性，增加认同感；另一方面，也提高了护理行业的职业声望以及对该职业自身价值的认同。其次，可以将养老机构护理职业归于公益性岗位，与其他公益性岗位一样为从业者提供岗位补助，提高他们的工资收入和工作积极性。再次，推动养老机构护理岗位建立职业资格证书制度，民政部门联合行业协会为在职养老机构护理人员提供专业护理标准，组织成员参加职业资格培训，提高护理人员的职业素养、业务水平和法律意识，增强其爱心和责任心，规范护理操作，减少失误和事故的发生。最后，推进探索护理学院经营养老机构模式，建立专业机构定向培养专业人才。一方面，医院式管理和专业技术优势为养老机构提供专业护理，另一方面，养老机构也为学员提供较好的教育教研场所，使他们有针对地学习养老护理专业知识和专业技能，实现人才培养与机构养老的有效对接。

主要参考文献

[1]陈穗彦. 改进医院在城镇职工医疗保险费用控制中的作用研究：以广州HQ医院为例[D]. 武汉：华中师范大学，2018.

[2]董红亚. 我国社会养老服务体系的解析和重构[J]. 社会科学，2012(3)：68-75.

[3]高奇隆，魏景明，董恒进. 浙江省完善职工医保个人账户政策的阶段性效果与问题分析[J]. 中国医疗保险，2020(11)：19-24.

[4]辜胜阻，吴华君，曹冬梅. 构建科学合理养老服务体系的战略思考与建议[J]. 人口研究，2017，41(1)：3-14.

[5]黄佳豪，孟昉."医养结合"养老模式的必要性、困境与对策[J]. 中国卫生政策研究，2014，7(6)：63-68.

[6]黄佳豪，孟昉. 安徽省合肥市民办养老机构发展的现状与问题[J]. 中国卫生政策研究，2014，7(4)：62-66.

[7]黄俊辉，李放，赵光. 农村社会养老服务需求评估：基于江苏1051名农村老人的问卷调查[J]. 中国农村观察，2014(4)：29-41，51.

[8]黄欣晨,李红艳.大数据背景下职工医保基金费用控制研究[J].智能计算机与应用,2020(4):219-221,224.

[9]姜向群,丁志宏,秦艳艳.影响我国养老机构发展的多因素分析[J].人口与经济,2011(4):58-63,69.

[10]李成志.完善多层次医疗保障制度体系的实践和思考:以上海市为例[J].中国医疗保险,2021(9):44-47.

[11]李乐乐.政府规制与标尺竞争:医保支付方式改革的治理路径分析[J].经济社会体制比较,2021(3):80-88.

[12]刘清发,孙瑞玲.嵌入性视角下的医养结合养老模式初探[J].西北人口,2014,35(6):94-97.

[13]刘晓梅.我国社会养老服务面临的形势及路径选择[J].人口研究,2012,36(5):104-112.

[14]吕雪枫,于长永,游欣蓓.农村老年人的机构养老意愿及其影响因素分析:基于全国12个省份36个县1218位农村老年人的调查数据[J].中国农村观察,2018(4):102-116.

[15]冒慧敏.试论我国医疗保险费用支付制度的不足及其完善[J].现代营销,2020(5):203-205.

[16]穆光宗.我国机构养老发展的困境与对策[J].华中师范大学学报(人文社会科学版),2012(2):31-38.

[17]庞凤喜.社会保障税研究[M].北京:中国税务出版社,2008.

[18]青连斌.我国养老服务业发展的现状与展望[J].中共福建省委党校学报,2016(3):75-83.

[19]苏畅,李伟,林书智.多层次医疗保障体系中我国职工医疗互助保险的发展现状分析[J].现代预防医学,2021,48(17):3101-3104,3125.

[20]田北海,王彩云.城乡老年人社会养老服务需求特征及其影响因素:基于对家庭养老替代机制的分析[J].中国农村观察,2014(4):2-17.

[21]王晶,李鹏飞.社区嵌入式养老服务模式的优势与思考:基于发达地区与欠发达地区养老服务现状的考察[J].吉林大学社会科学学报,

2019,59(6):133-139.

[22]王立剑,凤言,王程.养老机构服务质量评价研究[J].人口与发展,2017,23(6):96-102.

[23]王莉莉.中国城市地区机构养老服务业发展分析[J].人口学刊,2014,36(4):83-92.

[24]王宗凡.医疗保障待遇政策的完善[J].中国医疗保险,2019(10):35-38.

[25]吴品瑗,许暖,刘腊梅.养老机构老年人孤独感现状及关怀需求[J].中国老年学杂志,2021,41(24):5765-5768.

[26]伍海霞,吴帆.中国独生子女与多子女老年人养老意愿的比较分析[J].人口学刊,2022,44(2):85-98.

[27]武田艳,夏清涛,陈震.基于改进潜能模型的养老机构空间可达性:以上海市奉贤区为例[J].华东师范大学学报(自然科学版),2022(1):85-96.

[28]徐昌,严雪峰,王海阳.无锡市多层次医保体系建设成效分析及思考[J].中国医疗保险,2020(3):54-57.

[29]杨燕绥,张强.我国养老服务新阶段的亮点、痛点及发展要素[J].行政管理改革,2022,3(3):29-35.

[30]张英.出生人口断崖式下跌的安徽:年人口流出900万,育龄妇女年均减少20万[N].经济观察报,2021-10-09.

[31]赵晓芳.健康老龄化背景下"医养结合"养老服务模式研究[J].兰州学刊,2014(9):129-136.

[32]郑秉文.大幅"双降":社保制度改革进程中的一个转折点——从长期制度安排和长期经济增长的角度[J].华中科技大学学报(社会科学版),2019,33(3):1-10.

[33]郑函,王梦苑,赵育新.我国"医养结合"养老模式发展现状、问题及对策分析[J].中国公共卫生,2019,35(4):512-515.

[34]周先旺.以养老服务高质量发展满足人民养老需求[J].人民论坛,2022(5):6-10.